百鸟朝凤

王箐华 著

中国华侨出版社

·北京·

图书在版编目（CIP）数据

百鸟朝凤 / 王箐华著. -- 北京 : 中国华侨出版社, 2021.1

ISBN 978-7-5113-8441-6

Ⅰ. ①百… Ⅱ. ①王… Ⅲ. ①散文集－中国－当代 Ⅳ. ①I267

中国版本图书馆 CIP 数据核字(2020)第 228953 号

百鸟朝凤

著　　者 / 王箐华
责任编辑 / 江　冰
封面设计 / 杭州众书
经　　销 / 新华书店
开　　本 / 880 毫米×1230 毫米　1/32　印张/7　字数/131 千字
印　　刷 / 北京军迪印刷有限责任公司
版　　次 / 2021 年 1 月第 1 版　2021 年 1 月第 1 次印刷
书　　号 / ISBN 978-7-5113-8441-6
定　　价 / 40.00 元

中国华侨出版社　北京市朝阳区西坝河东里 77 号楼底商 5 号　邮编：100028
法律顾问：陈鹰律师事务所
发 行 部：（010）64443051　传 真：（010）64439708
网 址：www.oveaschin.com　E-mail：oveaschin@sina.com

CONTENTS
目 录

第一编 岁月 神话

第二编 美丽 家园

➤ 第三编　生命　礼赞

➤ 第四编　心灵　呼唤

➢ 第五编　青春　旗帜

➢ 第六编　素人　行板

第一编

岁月神话

一位女记者，面对在轮椅里生活三十余年的科学巨匠，不无悲悯地问：“霍金先生，卢伽雷病已将你永远固定在轮椅上，你不认为命运让你失去太多了吗？”

霍金用还能活动的手指，艰难叩击键盘，显示如下一段文字：

“我的手指还能活动，

我的大脑还能思维；

我有终生追求的理想，

有我爱和爱我的亲人和朋友；

对了，我还有一颗感恩的心……”

化龙桥的前世今生

什么时候，思念从子夜开始。一街一厂，一个门面一幢宿舍，一拐弯一棵老树，化龙桥都呈现在脑海，纤毫毕现。甚至能倒背如流地报出靠江而建的单位名称。如橡胶公司、中南厂、美协画家村、开关厂、五一小学、朝阳电机厂、粮食公司仓库，造纸厂、阀门厂、邮局等，然后过桥，唱川剧折子戏的茶馆，对面是红岩电影院售票处的脚角楼。依次排列，还有运输队、煤店、汽配厂、二电机厂、弹簧厂等都是大厂名厂。如睦街坊，活灵活现，在从秦岭北麓匆匆赶来的嘉陵江边，等着和我寒暄、叙旧。

化龙桥，因龙而得名。在渝中半岛东南部，地势南高北低，植被丰饶，有鹅岭、佛图关、虎头岩，三山为靠，笑含嘉陵江。它的传说与帝王有关，与龙有关。山有乱藤石穴，飞瀑溪流，传言神龙隐身何尝不真呢！《新华日报》总馆这颗明珠在抗日战争、解放战争时期，在此大放异彩，发救国振聋发聩之声，警醒国民。

桥，始建于清代，由乡里集资而造，镇孽龙消水患。1932年重建，后成为成渝公路交通命脉。因三个“第一”的成就而盛名：重庆市第一座大桥、第一座城市公路大桥，第一座具有民族传统桥梁风格的大桥。此外，它还享有与朝天门、磁器口并列三大水码头的声誉。

因桥兴起的工业雏形，是在40年代抗战陪都时期逐步形成的，因陆路水路两便，于50年代发展至兴盛，公私合营企业全部转变为国有企业。化龙桥一跃成为西南片区的重要工业区域，在“优先发展重工业和加快实现国家的工业化”进程中，化龙桥率先成为重庆渝中母城重要的工业区，渝中半岛财政收入的主要来源地。

化龙桥地少人多，一条街都是厂，没有多余空地供人们的浪漫与遐想消遣，只有小草逍遥于山坡沟坎。

晨曦初微，霞光碎成万千金色鳞片，闪烁成江中水妖，缠绵纤夫湿淋淋的裸身和粗犷的号子。内河床，夜捕小船轻盈炫耀挂满网上的活鱼，钩住匆匆脚步，伫立桥上，观江风浪起，闲者垂钓。唯有夏日炎炎，洪水泱泱时，浪翻波涌的嘉陵江水才会成为集体放纵欢愉的浴场。拥挤的局促和单调的日常，丝毫不影响这片土地特殊位置所贡献出的价值魅力，反而，人们更加踏实地依附它。

同晨光苏醒的集市——桥头农贸市场，早已人头攒动，鸡飞鸭叫，喇叭声、叫卖声如一锅沸腾的开水。突然，一声“开水烫背哟”像犁头锋利地划过，人流快闪，惊骇大娘一踉跄，“死胆胆，你吼冤呀！”爱骂丢来。两小伙抬一桶活蹦乱跳的鱼“嘿嘿”笑过。又听“砰”的一声，半边肥猪甩在案板上，剔骨刀磨得“嚯嚯”响，卖肉人吼起：“今天猪肥肉厚，好熬油！”

啊！一篮子麻辣香鲜，掀开了化龙桥新的一天。

化龙桥的记忆就是对工厂的记忆；是工人对工厂极度热爱和忠诚的记忆。

太阳升起来了！霞光万道，钟声敲响，人们从灰色楼房、低矮平房、漫山遍野走来，走进车间。打开阀门发动机器，操作仪器仪表。传输带上、流水线上，工人灵巧的双手熟练地操作，生产出来的产品由大卡车昼夜不息地送往祖国的四面八方，因而，广漠的雪域公路有了温暖的人烟；电机点亮了漆黑世界的万家灯火；橡胶更是击败了西方国家的封锁。

一遍遍怀想，难究细节。只记得，幼时在中南厂大门伺机，想溜进去洗澡，总见下班工人端着脸盆，肩上搭条毛巾，热腾腾的像裹着一身雾的感觉走来。成年后我也进厂工作，才晓得车间亦是战场，拼搏如战士。忘不了的家国情怀让我动容！我的舅娘是某厂职工，她怀孕数月，连续加班，有先兆性流产的症状，血都流到地上了，仍坚守岗位，最后流产。我的父亲是公私合营时期的老工人，单位两次福利分房，他都自愿让给青工。后父亲又两次当选沙坪坝区劳模，可以搬家到沙区劳模村居住，这是多么大的荣誉，他依然推脱说自己有房子，让别人住，直到去世都住在老屋。这样的人，何止一个两个，而是千千万万个，他们是那个时代强国梦的践行者。

什么时候开始，街上清冷了，厂门幽闭，落叶积腐，人们的眼睛暗淡了神采。从企业改制到西部大开发战略实施，化龙桥的工业特性凸显出它的尴尬。产业结构滞后，产能低效益低，工业污染河床，污染的水流从桥洞流出染黑了土地，变成了渝中母城面积最大的欠发达地区。世人戏谑“化龙桥贫困一条街”。个中滋味谁知？世上英雄不问出路，只有江湖英雄末路。

在北滨路急驰的车里，望见江对岸被誉为渝中主城区后花园的鹅岭、佛图关、虎头岩三山相衔如翡翠石屏上缀着补丁一样的化龙桥，心情异常沉重。旧城改造，机不可失，时不待我，江山重振更待何时！

一个时代在桥上幽幽地说："再见。"

十多年过去，游子归来，迫不急及地行走在天地湖、天地桥、重庆天地。打量着国际商务区的企业天地，一幢幢拔地而起的高楼。嘉陵天地中心建设成为集商务、娱乐、休闲、购物、居住于一体的多功能城市综合体，体形简约挺拔，时尚又民族，是城市中最具有价值认同感的现代洋房。巍峨的阳光金融中心底座像船形，飞扬起 45 层高姿在蓝天下傲视群雄；秒杀的快感敦促我旋身它底层的海底欢乐世界，缤纷的海鱼撞击着我迟钝的思维一跃嘉陵江，看鱼翔浅底，百舸争流。一个激灵，进了香港百丽宫影城观看电影《何以为家》，泪流满面。无国哪有家！悲喜节点来不及转换，令人头昏目眩的华丽装潢令我心生窃喜，生逢盛世幸哉！

影城二楼，落地大窗正对虎头岩，像时光镜头，摄尽化龙桥的前世今生。一座新建高架公路从虎头岩起玉带般绕过警报台、划过二中、工业学校，连接化龙桥到石油路大坪。

化龙桥隐身尘埃，支起它剔透的骨骼，承接新的梦想高飞。

脚步声裹挟着我随上班一族涌下车，跟着他们奔向企业天地。看，这些青春无敌的高跟鞋、皮鞋、波鞋，身着高级灰制服、鲜亮或素雅套裙，花团锦簇，一路狂奔。拿着豆浆、包子、鸡蛋的手，传递着接力赛冲刺的目标。透明的格子间里，交织着击鼓传花般蓬勃生命的手指，叠加数字，推动新的经济增长点，书写 GDP 的增长，在 "贫困一条街"化腐朽为神奇。

曾经释放异味的烟囱厂房；曾经的蓝布劳保服、解放鞋；曾经喝水又吃饭的搪瓷盅，一脸汗一身油，效率低污染重，滨江路是昨天的垃圾场。今天创造价值的形态截然不同，电子商务遥控企业产供销一体化，经济实体设在边远山区，把蓝天白云、青山绿水归还城市。化龙桥变成了重庆天地 ——一座新的城市时尚坐标，涅槃重生。

当我的脚步停在重庆天地进口处“棒棒军”的塑像前，我有些诧异的惊喜和感动。这尊题名为《偶像》的作品，作者用他足够的真诚、足够的虔诚，表达了对这片土地上劳动者最大的尊重和最高的礼赞。不论是过去的建设者或是现在新天地的创造者，都在这片挚爱的土地上奉献着。

抬眼四望都是养眼的绿色，空气新鲜纯净。小叶榕、国槐、银杏、水杉环抱超高层商务楼群，行道树、悬铃木攀附着香樟，七叶树依靠着红叶石楠，紫槿修饰得圆润得体，桂花释放着九月淡淡的馨香，被雨水湿了羽毛的雏鸟在巢里弱弱鸣叫。

啊！化龙桥——重庆天地，万物安康！

山崖上的王国

凛冽的山风一股股吹来，枯萎的原野坦荡荡地沉寂着。正是腊月，一年中最冷的季节，游人绝少。一片残黄的叶儿盘旋着与风纠缠，悠悠落在我的额上，轻轻地拈下，举过头顶，透过缝隙的光亮，一座筋腱鼓暴、千疮百孔的山岭，耸立眼前。这就是形成于春秋战国之前的古川东地区，渠县境内的賨人穴居部落遗址——賨人谷。

山，看着不俊俏；峰，也无峰的伟岸；只有岭的规模有延向南北的舒缓与敦厚，但粗糙的地衣却掩饰着它珍珠般的光华。轻慢的脚步打了一个踉跄，随意地踩着衣角扯着胡须向上攀缘。寒山瘦水的日子，瑟瑟地走进你的怀抱。

没有一件彩色的衣裳，凭什么与四季轮回的缤纷万物夺世人眼球千年呢！

噢！你的门户选得真好，进山的入口处，一只石犬在仰天长啸，像是在祈求上苍的护佑；也像是默默凝思这前世今生的匆匆过客，是否会叨扰业已守护数千年的洞中亡灵。

你已消失3000多年，你的名字叫“蛇巴”。你从荆楚大地涉水入川，为躲避战乱，住进洞穴。秦汉时“蛇巴”以麻布缴赋，谓赋为賨，賨人由此得名。賨人居住的山就叫賨人谷。

循着石梯铁栏栈道，在凹凸不平的賨人谷攀爬，泥岩紫纱褶皱，形成矿渣般尖利的表层，已然一道天然的保护屏障。藏于岭中腹地的溶洞，成为他们得以遮风避雨、繁衍子嗣的栖身之地。

我们踩着賨人的脚印，效仿他们柔韧的腰肢，弓背弯腰，手脚并用；比肩他们饱满的肌腱，敏捷的身手，或侧身挤过狭窄的甬道，或匍匐在黑暗中摸索前行。紧张的、累的，有点令人窒息的心跳，手心捏出了汗水。在这洞洞相连、上下贯通、左右衔接、室与室相间的洞室里，嗅着先人的气息和岩石特有的土腥味，恍若来到另一个洪荒久远的世界。

洞中的花样年华。

少女室。独有的一间，空荡荡的徒有世纪的冰凉。

眨眼间，一篮活色生香的少女花，嫣然俏笑，跃然室内；修长的美腿，羽毛饰品下躁动的乳房，野花冠在头顶娇羞的摇晃，莺儿般的铃声从槟榔染红的唇儿吐出。捂着嘴笑什么？扭着脖子看什么？别自作多情了，是隔壁议事厅的男人们勾了她们的魂。是男人们声如洪钟的争执讨论，还是血涌赤红的脸膛；是国家大事激起胸中千军万马，还是女人们热辣的眼神撩拨起雄性的侪张？一切皆有可能。在这与外界阻隔的地中洞穴行走，思维也游荡在千年外的时光里。

曲曲折折地穿行，来到一个宽敞高大的厅堂，还有二级台阶。这就是賨王洞，一个权力机构的象征。一束光从天而降，摇荡着是一面旗，挺立起是一柄剑。这神奇的天光，让我遐想当时的情景。

公元前1046年，賨王的先祖巴王接到周武王送来的鸡毛信，他联合 11 个小国家，请求賨王出兵，与他们共同讨伐朝歌(今河南淇县)的纣王。字字铿锵有力，激起了賨人崇尚正义的热血。

天光下，賨王威武成一座雕像，挺立在台上，豪情宣言：“男人们出征打仗，女人们守好家园，等我们凯旋。”手握武器的臣子，高呼：“归来！归来！”

骁勇善战的賨人，战斗中勇猛顽强，不怕流血牺牲，对讨伐的胜利，起到了决定性的作用。据《华阳国志·巴志》记载：“周武王伐纣，实得巴蜀之师……巴师勇锐，歌舞以凌殷人。前徒倒戈，故世人称之曰：‘武王伐纣，前歌后舞’也。”

战前动员结束，恋爱中的部落首领夕仲，匆匆赶到巴河边，与心爱的姑娘话别。那是他与少女度灵第一次相遇的地方。在一次追猎中夕仲负伤，昏倒在河边，被打鱼的少女度灵救起，用河里特产的肉体通红的胭脂鱼汤喂食，悉心照料数日，二人便定下海誓山盟。少女度灵泪眼婆娑，难分难舍；夕仲对怀里的度灵说：“等我回来。”

一个千年承诺，换来血染大地黄花生。

一封鸡毛信送上了征战的不归路。

中原朝歌路，千山万水锁归途。

少女度灵站在山顶上日日夜夜盼望、等待，一年又一年。远处绵延起伏的华蓥山脉在她眼中寸寸增高，就是不见爱人归来。度灵倒在山岗上，化成思念的黄花。当身负重伤的夕仲从战场归来，心爱的人儿却已不在，他死在黄花旁，鲜血绽放成一地黄花。那斜坡断崖、地垅田间，摇曳着一株株闪着光点的黄花，原来它是一株思念的植物，嚼碎在心里，流淌在血液中。

一个关于战争和爱情的凄美故事。

一件真实的史事和一个虚拟的传说。

吸引无数的人们走进賨人洞，触摸那束天光，触摸那种神秘，带着敬畏，体验热血沸腾，崇尚正义英雄的浩然正气。一个民族的魂就这样代代传承。

三江的村庄

轻轻地走近你，秋正渐浓，霜色如帛。

车沿着长江上游的高速路段蜿蜒驶去。岷江中段的支流寿江穿过辽阔的原野，平原的山峦村庄，皆因一河水的清朗而俊俏。凉爽的风，一丝丝地从窗的缝隙溜进来，撩弄额上短发如顽皮的狗尾巴草，让人一阵阵兴奋，睡意全无。

走下车，脚就站在川西坝子的南大门——三江。

三江是寿江一条细细的支流，由西河、中河、黑石河三条活泼的小河交汇于此而得名。 三江乡人民政府设置在乡场，它东边紧邻水磨古镇、白石古镇，西南卧龙自然保护区有约 70 万公顷的茫茫林海。山不算高，海拔 1300 多米，从早至晚雾气弥漫，缠绵河谷。深入其境，水气迷蒙，长桥如鹊桥，若隐若现。得水滋养山也妖娆。一座似少女仰卧的山峰，四季不变的慵懒，静静地陪伴着河坝村庄。

庄，便有了世外桃源的逍遥。

一条冰粼粼的小河如带飘逝，哼着古老的歌谣。有小狗的叫声从村子隐隐传来，振奋了疲惫的旅人。

穿行在白墙低层的院子，一幢一户的清爽。茂盛的花草，长得恣意汪洋，簇拥房前屋后，一枝花可以亭亭玉立，翘首远盼，一枝节可以低低向下，与水眉目传情。除了广场上的转经筒、白塔，几许飘荡空中的经幡，向祖先传递现代化的信息，还有白墙上绘着的藏式莲花，提醒你来到了新式藏族民居，真看不出与汉族有什么区别。人类与自然界的契合点是那么细微融洽，跻身于大地母亲的怀抱，休养生息，万物都需按捺性子，和平共处，雨露均沾。这应该是汉藏几辈人在此辛勤劳作，共谋发展，不断融合催生的结果吧。

村庄虽小，却小得殷实。这富足源于20世纪90年代初，河坝村的一位村民，大胆地引进20亩优质猕猴桃开始，便一发不可收拾地遍地开花。瓜果飘香、茶韵悠长，地理环境的独特资源，成为来来去去的人们，对这个美丽村庄割舍不下的情怀。

缓缓地走到坡上，主人手搭凉棚一指山上："我家的猕猴桃。"

黑黝黝的一座山呀！全是些灰不溜秋的树。色不诱人，毛毛糙糙，生得蓬勃而矮肥。令人惊讶的却是挂满枝头的绿心猕猴桃。四五个、五六个的挑在枝尖，一个紧挤一个，颤悠悠的。喂！干吗羞答答地戴着面纱？噢……是形体美的束缚，还要对付飞鸟的骚扰。成就美味，人类的援手必不可少，因此，给它戴上了防护罩。花蕾初绽，要人工授粉。果农在树群中找雄的植株，采下雄花，一朵一朵地授予雌花。一株株一行行一片片生命的交融，全离不开人类那双神奇的手。带着祈祷，带着体温的侍弄，让一个生命传递给另一个生命的物语，渗透果实的内核，长成人类的姐妹，然后跳着它最后的空中芭蕾谢幕，落地成熟。供奉人类将是它们最终的使命。人类享用甘甜的果肉，强壮体魄，繁衍后代，生生不息。世间万事万物彼此照应照拂，都是一个圆满的循环、地球是圆的、物种生命的周期也是往返循环。也许，有一天人类变成果树，猕猴桃变成人类呢……呵呵！怪不得，朋友强调，购买不要拣肥拣瘦，尊重生命，礼待农人。知足的人，背着胖瘦不一的果实，满载而归。

秋在河坝村的山间沟壑流连，秋也流淌在河坝村的院子里。

顺着河的长廊来到河的对岸，袅袅烟气从半山飘起。循着人声和烟味，绕过一道土墙，走进了山腰那个院子。我一下惊呆了！不敢相信自己的眼睛，不是苞谷？满眼都是金红色的黄呀！院坝都是翻晒的苞谷。清香的气息在阳光下丝丝缕缕地蒸腾，让人不饮自醉。黄色！金红色的黄。真让人怀疑是落到黄金地，或者是掉进黄金坑。那么丰饶的一种黄，堆积在院坝。一种从未见过的金红色的黄，黄得那么纯粹、那么灿烂、那么高贵、那么干净，没有一粒杂质；黄得撩拨起你的狂想、你的贪婪、你的想入非非。你幻想着遍地尽带黄金甲的富贵荣华……你迷失了自己，多么可笑。一条铺撒到天尽头的金光大道，闪烁着的光点是农人额上的汗珠。修缮老屋的匠人，三三两两，歇息在金色的边缘。他们抽着烟，谈着淡泊的话语，神情自然，像端坐天边的神仙。这样的富足属于赤足在山野小路、勤劳勇敢的人们。还有悬挂在屋檐下、树枝上、朝门外，一串串的小辣椒，胭脂着红脸蛋，全天候地占据广告频道，广而告之。炫耀着这片土地上的人们，智慧与善良是那样的灿烂与丰盈。

高原红，祖先留下的印记渐渐褪去了它的浓烈。

是不是淡忘了祖先渺远的背影。

藏式人家烹制食物的香味告诉你，祖先遗留下来的祭台依然高悬在他们的精神领地，任谁也抹不去。

似乎就一丈之隔，在一片凹凸之地，草没脚踝，风呼啦啦吹着悬挂的经幡，骤然一阵洪荒冷气从脚底升起。不为别的，是骇然耸立眼前一根根的木桩。那不是藏人的木祭吗？风刀霜剑雕刻过上万年的祭坛，斑驳的层面上刻记的太阳星星，还有鲜花和人类祈求的姿势，依然带着昨日的寒光，灼人眼目。

一个民族的生死寄托，就寥寥地镌刻在一棵树上，寄托成连接天上地下的天梯，就像6000米高的冈底斯山一样的神圣，承接起源于一万八千年的古象雄王国（现在的西藏阿里山区一带）的繁衍生息。古象雄王国的王子幸饶弥沃如来佛祖，在冈底斯山和玛旁雍错湖一带，创建了西藏最古老的古象雄佛法——雍仲本教，成为雪域高原西藏人民的精神信仰。它拥有自己的文字，阐明“五明学科”，成为西藏最古老的文明，也是今天西藏文化源远流长的源泉。“古象雄文明”已经列入世界文化遗产。古象雄王国地域辽阔，位于连接西亚、东亚的交通要道，成为欧亚版图上第二条连接欧亚大陆的古丝绸之路上的霸气大国。在人类历史血雨腥风的进程中，也没能躲过历史尘埃对它的淹没。崛起的吐蕃王室消灭、吞并了它。而今，古象雄文化的痕迹仍贯穿于藏民的生活生产、民俗信仰之中。如放置玛尼堆、五彩经幡、石头经文、每年的6月20日祭山神、转山等宗教活动都源自雍仲遗俗。

想象不出，隆起于白垩纪中期的冈底斯山，是以怎样的姿态迎接臣民对它长达一万多年的朝觐。这个像伞把和莲花根茎的山脉，雪峰林立，直耸云霄，冰凌晶莹，多有凌空横架的冰桥。那儿的水都是盐碱水，空气稀薄，异常寒冷。

恍惚间，置身冈底斯山一带，穿越万年，踏进了洪荒久远的古象雄王国。山崩地裂般的荒凉，冰雪世界，气势磅礴，震慑着匍匐于脚下的臣民。耳边是呼呼响起的千军万马图穷的嘶鸣，与风雪冰雹的搏斗，与寒冷饥饿的搏斗，与族群内部争夺食物、争夺女人、争夺权利的搏斗。总之，他们在生命的边缘挣扎，搏斗求生。在与天斗、与地斗、与人斗，在生息、在繁衍，在铸就一个民族的精神内核。他们在消亡、在消失，最后浓缩成木头上的一个符号。倘若，在这风和日丽的秋天，面对摆满美味佳肴的餐桌，我是否能趴下，向这些民族的先行者，行一个长长的大礼，致以深深的敬畏之心！我想，我会。

心脏怦怦跳个不停，四肢也由于心跳而发热，它激起了我对于一个民族生死存亡的追思，激起了我依然激情四溢的热血。如果，我的民族面临着巨大的战争威胁，我会毫不犹豫地冲向战场。是的，我会！我大声地向着天空喊道："我会！我会！我会……"

河坝村，一个小小的藏族村落，让我记住了你的祖先。

在川西坝子广袤的土地上，你算不算得上是一颗夜明珠呢？但我却收藏了你如夜明珠一样璀璨的传奇和永恒的神圣。

美丽的华西妮莎

条凳支起的凉板，躺着四条活蹦乱跳的“泥鳅”。那是妈妈在偏巷角落捉回来的小猫咪和小“强盗”。父亲有力的双手把我们按在大澡盆里，温柔地洗净“猴脸”和“猴身”的汗和泥。然后就丢在凉板上，任我们打闹一气。他躺在凉椅上，叼一根叶子烟杆，“叭哒叭哒”地吸着烟，享受一天劳累后最惬意的时刻；妈妈则在一旁“吭哧吭哧”地洗着一大盆衣裳。

天穹缀满如花的星星，弄得我们数也数不过来。看妈妈在摆放长竹竿，知道衣服洗完了，最好的最期待的时刻要到了。突然，妹妹问一句：“喊不喊周幺娃？他说他也想听妈妈讲故事。”弟娃说：“床小了睡不下。”“你不喊他，明天他又不给我们吃高粱秆。”沉默一会，我自告奋勇地说：“明天我讲给他听，我晓得他喜欢听美丽的华西妮莎。”“你不要听着听着就睡着了。”谁这样嘟哝一句。

妈妈终于坐到我们身边来了，一股凉幽幽的痱子粉香味直冲鼻子。“讲《柳毅传书》吧。”妈妈温婉地说出这个名字。“不听。就是一个书生给落难的龙王的女儿送家信。”上小学一年级的姐姐反对，说老师都讲过送鸡毛信的故事，比这传书重要多了。“那就讲《天仙配》。”妈妈说。“听了好久了，我都没梦见过天仙是什么样。”姐姐有点埋怨妈妈。妈妈扬头笑出了声。齐耳短发护着她年轻圆润的脸颊，很美。“傻孩子，就知道听三头恶龙。”妈妈拍拍她的小脑袋。“不是不是，是美丽的华西妮莎。”“小雀们”争着纠正。妈妈朗声笑着说：“华西妮莎是三头恶龙这个故事里的女主角。记住，我说了多少遍了，一点也不长记性。”

华西妮莎是山下村子里农夫的妻子，美得天下第一，花儿鱼儿都不敢和她比美。她到河边洗衣，鱼儿沉底；春天赏花，花瓣飘落；月亮见她，躲进云层；太阳见她，藏起金针。这下气坏了深山里的一条恶龙，嫉妒农夫得了一个天仙般的姑娘，决定抢来归为己有。恶龙长了三个头，一个喷火，一个喷水，一个喷狂风。它仰天狞笑，一股龙卷风从它嘴里喷出来，顿时，天空昏暗，大地模糊。农夫的妻子正在屋外晾晒衣裳，被风吹得东倒西歪站立不住，一下被卷走了。农夫回家，发现妻子不见了，衣物散落在地上，拿起斧子追踪至深山，来到恶龙洞穴，高声叫骂，并呼唤妻子华西妮莎的名字。恶龙出来发出一阵狂笑，并得意地说：“你这个穷鬼，你配得上这样美的女人吗？”农夫毫不示弱，举起手中斧子说：“我有双手和这把斧子，我们很幸福。你这个强盗魔鬼，我要杀死你救回我的妻子。”“来吧！先让你洗个澡清醒清醒。”恶龙张开血盆大口，一股巨大的水流喷涌而出，把农夫从山上冲到山脚。农夫艰难地爬上山去，继续呼唤妻子华西妮莎，叫骂强盗。三头恶龙气得蹿出龙穴，张口喷射烈焰熊熊的大火，烧焦了农夫的衣裳、头发和眉毛。乡亲们从四面八方赶来安慰鼓励他，出主意想办法，决定一起铲除恶龙……

美妙曲折的故事，宛若夏夜清爽的催眠曲，弟娃已香鼾大作。沉入模糊意识的我，还不依不饶地纠结问自己：“当了华西妮莎是嫁给农夫呢？还是嫁给三头恶龙……”

《孔子》的导演与观众

七个人演一台戏。

剧开场了，灯光暗淡下来。舞台右前方角落里，一个看似孔子的演员发髻高束，帛衣素服，侍一旁。他时而朗声旁白烘托舞台景致变化；时而又作孔子真人状仰天吟诵；时而伏案全神贯注奋笔疾书，一台戏的转换起承、舞台格局的调动，全凭他抑扬顿挫、平平仄仄、口里乾坤搞定。一台戏活了，流畅下去。

这是在国泰艺术中心观看为纪念中国话剧诞辰 110 周年，西南大区优秀原创剧目展演的话剧作品《孔子》的场景。

一声箫的乐音裂帛般打开 2500 多年前孔子的府宅。我一个激灵，幻化成如燕轻身，着粗衣布鞋，一跃，进了孔夫子的私人学堂，与他三千弟子混为一堂。席地而坐，虔诚庄重，心怀朝阳，手执书简，大声唱读。声音清脆如黄雀："关关雎鸠，在河之洲。窈窕淑女，君子好逑……"一个平和自然的教学场景在观众面前全景似地徐徐铺展，亦真亦幻。七个演员居一方小小舞台，演绎孔子和他的弟子们，如何在传道授业解惑的大同世界里求学求真，开始了导演心中的孔子之说的求索之路。

剧终，华灯通彻，照亮台上台下。演员上场拜谢，一位导演的走上台接受礼送的鲜花，毫无丁点腼腆怯色。他胖嘟嘟的，休闲装的潇洒显示出自信者的气度，满脸荡漾着真诚的微笑，他对大家说："首先谢谢大家来看我们的话剧，来，就是对我们、对话剧的支持，希望能交流，有什么问题就请问。"

为什么用箫来洞开时间的壁垒？是它清丽高远、浑厚圆润的音色颇具穿透力吗？心中累积的小疑惑，正不知道该问谁。导演用鼓励学生的口气说："谁来第一个！"他话筒举得高高的。我心里直打鼓，左右两边一望，看有没有人站起来。哈！真有一位男士站起来要话筒。

"谢谢你！"导演把话筒递过去。

男士说："孔子周游列国 14 年，一心想宣讲他理想中的大同世界，儒家仁爱思想，却受尽屈辱磨难，但仍讲学论道，弦歌之音不绝，而剧中没有表现……"

"哦！你说这么多，我还不了解。"导演幽默地说，他当然知道。笑毕，他正色道："《论语》我看了三遍，五经看了四遍。正因为他太伟大，难以究其一生，所以我选择了一点——教育，孔子是思想家但首先是教育家。"

提问者继续说道："作为观众，我希望看到的是我不了解的孔子的另外一面。"导演用手挡住刺眼的灯光，往后面观众席上的发言者认真地看了看说："也许是后期的《孔子》能解决的问题。"

"导演，您辛苦了！"另一位观众站起来。

"您客气！您有什么问题？"话筒递过去。

观众问："演员的发型是有意弄的吗？"

"没有没有。"导演笑了，指向七位演员说："有板寸、平头，还有罗纳尔多头……孔子时代的人头上梳的发髻，我等不了这么久；等他们长出来。唉！"他摊开双手，无可奈何。场上响起轻微的善意的笑声。

"你好！导演，我是第一次看话剧。"一位女士站起来。

"欢迎你！"导演异常热情地伸直手，并双手合十。地上的七位弟子也“叭叭叭”拍响了巴掌。他真诚地说：“证明我们做得不够，且不够好，今后一定多演出。”

“舞台很美很好，如果到区县就没有这样的设置。”女士不无遗憾的叹声。导演回答：“布景很方便，七块板就搞定，我们一定会到你们家乡去。”

“七位弟子戴面具是什么意思？”另有观众提问。

“孔子说：‘人有七情六欲。’我想以此表达……噢！可能是我的主观意愿使观众不易理解，我重新琢磨一下。”导演沉思状。“如果观众看不懂导演的创作意图，看不懂他要表达的东西，导演就需要换位思考。当然，孔子的书看三遍四遍是远远不够的，我们的民族看了几千年的孔子的书，《论语》也还在看，宝藏永远挖不完。”

导演轻松幽默的解答调动了观众的情绪。一位女士提出了一个不依不饶的问题：“孔子一生命运坎坷悲惨，为什么没有表现？”

导演顿了一会缓缓地说：“对不起，我做不到。有野史说，孔子晚年一边写作一边哭，每天都在哭。我不能演，那样太残忍了。我只能演他光辉伟大的一面。还有观众问过我，为什么偏偏选‘关关雎鸠，在河之洲’这一首诗放在剧中，我告诉他们，《诗经》中将这一首作为开篇之作，我个人认为它是孔子心目中的理想世界！”

风呼呼地刮，天气预报气温下降。从剧场出来冷极了，双手抱住胳膊，埋头风中疾走。心里亮着的是孔子、燃烧着的还是孔子，孔子在坎坷一生中怎样挣扎，面对磨难，不屈不挠，坚定、自信，最后终成为孔圣人。还有《孔子》的导演说的那一句话：“我等不及了！”等不及是什么意思？

那箫呢？代表什么？也许，箫声是导演祭拜孔子的悲怆之声，他是一位不忍把美好的东西撕碎给人看的心善的青年导演。

被岁月衔走的神话

大宁河上游有条支流，叫后溪河。水蓝如美玉，绕山势而行，如丝似带。河面上闲鸭悠悠，野渡横流，只要喊一声:“船家玩船哟!”“来啦!”就走出一位笑眯眯的老翁，用两只插满彩旗的小船载你碧水里一阵疯耍。顺流而上五里，就是一处名叫宁厂的古镇。古镇依山傍水，古朴的穿斗结构的老屋静卧溪边，一条暗黑石板路穿越其间。屋里的老人安详而恬静，坐在前清年间的立柱基石上，谈天养神，守望着古老的家园。宁厂因盐泉而闻名，宁厂就是盐泉。

传说在上古时，有位猎人发现一头白鹿，追赶九座山峰后白鹿钻进一个洞里不见了，猎人跑进去怎么找也找不着。又累又渴之时，忽闻泉水淙淙，伏身就饮，味感异常，不一会顿觉神清气爽、精神大振、疲劳消除，遂用竹筒背回家，之后又因为这盐泉制成了盐巴。远处部落的人用捕获的猎物和采集的野果来换取金贵的盐巴，于是宁厂因盐泉一天天繁荣起来。如今那里的峭壁上还残留着运盐的古栈道。盐泉从山洞喷涌而泻，落地如莲花般盛开，晶莹洁白。前人在此处修了一座庙，叫龙君庙，年年供奉年年祭拜。每年的农历五月初五，民间百姓都要自发组织划龙舟祭龙君的活动，感谢上苍给予的恩赐。赛龙舟的活动中有一项不成文的规矩:盐泉是白色，称白龙老大，下游的人要请白龙下去须亲自划船来请，否则，宁厂的白龙船是不会下去的。白龙下水能镇妖驱邪，戏水不溺，保一方百姓平安。由此可见，亘古至今，当地百姓把盐泉奉为神灵，心存敬畏。

而今，盐泉依然奔涌不息，古镇却一日日衰落，只有那流淌进后溪河的古老盐泉还在低声诉说着它昔日的辉煌。

跋山涉水来看你

三月的风有些羞涩的暖，化不开捂了一冬的寒。当车驶向新城，涪江清透的水如丝带玉润湿眼帘。来不及看清商店的陈列，行道树的错落也让人惊叹，眼神捕捉的美女一闪又一闪地被替代。车内的人说：“这不是和渝中半岛一样吗！哪有县和市的区别……”一语未绝，笑声爆棚。的确，璀璨的夜色、水吧和有阅读吧的宾馆就像镶嵌了珍珠，颠覆了人们对从前那个小城的认知。

七八十年代的乡民对县城的向往，永远可以用整条街道的拥堵且一半是盛满农产品的箩筐背篼来表达。从东南方向入城，从这头到那头总共两里地。街道的尽头，往上扬一个懒阳坡就是潼南丝厂——全县最大的国有企业。厂外是大片农田、庄稼地，汽车开过灰尘漫天。穿过扬花的稻田，桑树矮壮斜依，残留的桑葚藏在阔叶下更加小得可怜。大佛寺就在定明山下的河边。

寺里破败冷清，唐宋时期的金身大佛灰头土脸，在全琉璃顶的“七檐佛阁”极暗的灯光下默然沉思。前来祭拜的乡人大多是家中有了劫难，前来讨些心灵的安慰，蹑手蹑脚地来，磕三个头，诉诉心中的苦似乎就有支撑的力量，佛法精深博大无所不知。

到大佛寺踏七步琴是年轻人最感兴趣的活动。它登堂入室的雅名叫“石蹬琴声”，是全国四大回音建筑之一。脚踩上石梯就发出“哆、来、咪、发、梭、拉、西”的音乐声。太神了！反复地踩，反复弓下腰去听，兴致勃勃得永远不知疲倦，至高无上的大佛却被冷落一旁。不谙世事的年轻人根本不理解这是地质结构使然，还奇怪地问：“佛要清静，音乐热闹，这不是跟菩萨唱反调吗？”碰在一起是什么缘分？上天派石琴来陪大佛的吧！或许可能。一个化成石琴，一个化成石佛，石心石意，不离不弃。这便成就了潼南一大景观。时光渺渺，今之，又不是昨日时光。延续千年的世界第一室内饰金大佛于 2012 年第五次“穿金”之后更是国家级宝贝、潼南百姓的福祉、旅游胜地、民族文化宝贵遗产。

大佛寺钟声陡然敲响，洪亮圆润，佛像容光焕发，众信徒团坐足下，学忠义文明，行言传身教，家风如杨氏大家一族，被尊为潼南楷模。出了大佛寺，我站在河边久久望着对岸原来荒芜的平坝，而今已是繁华的潼南新城。我感慨时代的力量和人民谋求幸福的执着。

这样的执着，在崇龛镇油菜花海得到蜂飞蝶舞的印证。

蝶在飞，蜂在采，在迷离的金色中陶醉。淡淡的清香，俊秀的植株，花瓣儿弱弱地卷曲，一朵朵、一串串、一片片接天连地，展示着绸缎样柔美的金黄色。我们拍照追逐，拥它入怀，感受乡村最美的魅力。这是国家政策好，村民实打实地干，农作物改种经济作物，乡村改作旅游度假村，用汗水和勤劳一天天一年年绘出的美景。如今，谁人不知潼南十里花海，黄金铺地。第十二届油菜花艺术节成功举办后，潼南扶摇跻身 2018 年中国特色农产品优势区名录。油菜花，闻着你的香气而来，索取你的艳丽芳菲。在其他村镇，也看到如你一样脱贫致富的决心和改天换地的身影。

五岩村美人一样的品相，却有着不中用的名声。村支书的形容让人看到从前的五岩村，草长得有半人深，进出买卖难上加难，路是山路小道，下雨就是烂路。在县政府的扶持下，2015年到2018年全村修了25公里长的水泥路、人行道，家家到户，村村通路。日子活泛，村民的眼光长远了。五岩村新的产业目标已敲定，种脆李，新的经济作物项目落地。三年后，满山遍野桃红李白，会不会又是潼南的一个旅游村呢？也许吧，这个时代什么梦想都能成真！只要你干。

花，交给蝴蝶去数；天空，让鸟去丈量，檐前的老风铃告诉我去记忆去探寻。

沿着田间小路，蜿蜒爬行，热汗满面，脱件衣服山风一吹舒服极了。山梁上野芦苇枯萎的翅膀托起芦花空灵的独白，与悬崖上寨墙斑驳的苔藓一起细说百年沧桑。金刚寨，跋山涉水来看你，却找不到关于你的任何记载。俯视山下劳作的农人和远处县城全貌，金刚寨满地是开着紫色的小花和野草，潮涌般匍匐着祭奠祖先。保留完整的北面城墙上的延生门，用厚实规正的石条砌成拱形门，有“一夫当关，万人莫过”的险要。另一段几十米乱石垒成的墙体被风雨剥蚀如一位耄耋老人。也看到了第二道护寨墙的断壁残垣上的射击口，寨内空地上有被毁的石塔遗迹和焚香烧纸的石槽。我凝视着地上变黑的一堆堆土，你们乞求上苍保佑人畜平安的卑怯眼神浮现眼前。北面的延生门，写下的都是你们对生与安宁的渴求。为什么到山顶扎寨？

山下千里平畴，江河滋养，是躲匪还是避仇？永远是个谜。总之，你耸立在涪江的山峦，为一腔血脉，一方疆土，也曾刀光剑影不畏生死。遗世独立，只为告诉世人：这里有一群先人，生存过，抗击过，没有丰碑，没有墓志铭，只有紫地茵花低微的谦卑。

第二编

美丽家园

重庆作家莫怀戚在《家园落日》中这样写道：“两只小狗在落日里追逐；老牛在落日里舐犊……有一天一个老农夫夹在两匹马间，在光滑的山脊上走进了太阳。马驼着驮子。老农因为老了，上坡就抓着前面的马尾巴。后面的马看见了，就将自己的尾巴不停地摇着。”“我不禁热泪盈眶；一种无法描述的爱浸透全身。”

那一树繁花似锦

如果不是1991年春天，不是因为我们这群鸽子飞去又飞回的华丽转身，不是华丽而是艰难转身！那一年恐怕会错过那个门，错过那棵树发出的春天般的朗朗笑声。

20年前的那个春天。

1971年。如果没有敲锣打鼓、志存高远的远行，亲口尝到土地的土腥味，亲身经历树高千丈落地成灰、拓荒栽种的磨砺。年轻人快乐的天性并未因其成果斐然而增加几分，反而更加苦涩，一盏油灯温暖不了游子思乡的苦涩愁绪。

所以，要再回到1991年那个春天。

不知道是谁在喊："回家了！大家在一起唱一首歌吧！歌名就叫《青春梦》。"

好一个春天！春风杨柳万千条。好多人从四面八方黑压压地赶来。

从工地、从车间、从讲台、从办公室、从假日的缝隙、从阳光照不到的某个角落……

下班了。吃着烧饼或者二两小面，乘公交车，挤得喊爹喊娘赶来。大家说唱吧，在万箭穿心的阳光下回忆过去，不忘初心。观众席里的妻儿夫君朋友邻居，眼里闪烁的泪光倒映着浩荡的江水，6300千米的长江啊，托起游子重返故乡的万千情愫，脸上满是真诚感恩的笑意，没有跋涉后的苍凉和冷漠。

在沙区文化馆、三中足球场、大饭堂，站成一排排挺拔的白杨。

唱“青春的岁月像条河！”

唱“到农村去，到边疆去！”

《青春梦》柔肠百转，激情燃烧。搞文学的朋友，在《青春梦》里看到创作的契机，记素材的本子写了一本又一本。组歌演绎完毕，一颗种子悄然种下。余音萦绕在山城闷热的夜空，一时间许多家庭又平添了茶余饭后的谈资。与20年前万人空巷的壮行送别相比，八年后的回归竟如漏网之鱼，好不狼狈。游子归来，是否安好？

是谁在鼓动？把自己的故事写下来，编辑成一部书。让子孙记住父辈曾经的坚强勇敢。繁华落幕，观者散尽，不肯隐去的被点燃的青春之火像大海的潮汐一波又一波，竟没有熄灭的意思。

写下来，写下来！怎么写？

像呼吸一样自然。

你是老师吗？

我是山城文学社。

哈哈！神秘。有点像进步青年创办的书社名号。

有人站起来喊：“出书吧！出自己的书。”号令如山，征辑稿件雪花样漫天飞舞。写吧，绵长的夜晚吸干许多人枕边润湿的衣角。山城文学社的卢延辉、陈与理所当然地充当起先生兼编辑。用笔记录下生活的真实，让善谈且少用笔的人犯了难，什么都想写，什么是重点？一些人纷纷跑来向他们倾诉，激动地问先生：“这个可不可以写？”学生一样扬起头，求知的眼神真诚而单纯。

“你怎么讲就怎么写。”

先生常常被感动得暗叹：“文学的力量太伟大！本已麻木的灵魂也光鲜亮丽诚实可爱。”先生又进一步启发式地告诉大家：“能打动人心的就是最真实的。”你围绕它写，这就叫文眼。一篇文稿呈现在编辑面前，如果得到了肯定或者还表扬了两句，这个人的心里一定激动得翻江倒海。若是恰逢下班，他会毫不吝啬地说：“走，肚子饿了吧，去吃碗小面。”编辑会毫不客气地吃得呼呼山响，满脸放红光。置身在万籁俱寂的夜空下，与心灵对话，谁都敢直面自己的人生；勇敢的有趣的或苟且的都抖搂出来。

先生说这就是文学。

面对那些五光十色、丰富多彩的人生经历，编辑们感慨万千：生活真是部大书！以至编完此书，编后语写道：“编完这部书稿，我们早已泪流满面……”《红土热血》书名的成就就是在这种氛围下诞生。

在山城文学社的交流会上，卢延辉热情地告诉大家，热爱文学的朋友，文学社就是你们的家。《文化生活报》是大家交流展示的平台。这番话，对怀揣文学梦的人是极大的鼓舞，摩拳擦掌，准备像开荒挖地一样干一番事业。1991 年，我的第一篇小小说在《文化生活报》上发表，那种惊喜我珍藏了 25 年已毛边泛黄的报纸即是证明。在《时间对话》的人生长廊，陈与的诗歌涉及的人和事多与支边生活有关，他是位很受欢迎的支边诗人，给过我这样的文学爱好者最大的鼓励和最真诚的指导。《重庆文化报》发表了不少像我这样的初学者的习作。时光消逝，我没有移动，依然是一名文学爱好者。我感念山城文学社最初的美好时光，打开了我的视野，认识了许多才华横溢的人，我的精神世界里多了一块乐土。在社里我认识了谭小乔老师，她是一位至今还保持一颗童心的优秀的儿童文学作家。

我想问，打算一辈子都不长大吗？看完《我是妖怪变的》我也想变个小孩。怎么可以用这么轻柔的手法来抚慰成年人粗糙的肌理呢！

学校邀请文学社卢延辉、陈与给学生做一堂文学演讲。在那里认识了李成琳，一位美丽知性的女教师，她后来发表的很多优美的文字让人爱不释手，《重庆晚报》刊登过她的很多美文。一个极雅的人写出极美的文，天设地造般。2016 年她获得冰心散文奖，她也是山城文学社的成员，是文学社这棵大树上一朵永远焕发幽香的花。

我还记住了这个甜甜的圆脸姑娘——谭竹。有人介绍说这个姑娘不简单，二十岁写长篇小说，新华书店展柜上的《云顶寨》呼呼生风，云中鸟瞰苍生，寨顶上白衣飘飘的仙子是你吗？姑娘！我知道你也是山城文学社这棵树上发光的花朵。

是啊！在重庆著名作家卢延辉的平凡市井《依仁巷》里流连，从都市一条老巷子的变迁中看到一座城市的变迁，人们深深地记住了一座城——重庆。《依仁巷》走出盆地，走上茅盾文学奖的参评台。山城文学社就是一棵树，深深蛰伏渝中半岛，吮吸两江乳汁，养那一树繁花似锦！假以时日，定会硕果累累。

正街风景

正街是我上班的必经之路。正街不宽，两边的小食摊多如累卵，七拱八翘，碍人行阻车辆。凡经过此地的人大多蛇行于各色各样的摊前，乐此不疲，其乐融融。

正街的小吃摊最具诱惑力。它总是不定期地吐故纳新，变换经营花样，集天下名优小吃于巴掌大的摊位，刺激好吃的重庆人不怕站轮子，上至白发苍苍下至少年小伙，皆为一口美食。正街最热闹最繁华的时候是早、中、晚三个时辰，各种特色摊前都会出现打围的景象。给我的印象最深的是去年，蜡梅乍开，卖花小妹的吆喝声悠远而来，同事小刘拿包白糕进来叫尝“新产品”。一吃，又软又糯真巴实，原来是“上海糯米白糖糕”来山城落户。怪不得每天路过都见老少娘们围着买。经不住诱惑，本人也站队买了几次送给母亲。而后，她说不用了，这儿也有了。未隔两月，街上又亮出一块招牌“东北白糖酥饼”。此饼酥软多层，咸甜两味且便宜，饱吃饿吃都安逸，惹得街上来往的人有事无事搞一块，七嚼八嚼，真是国泰民安，丰衣足食。

正街的生意人最精明。有了白生生的白糕吊住你的胃口，又推出了黄灿灿的苞谷粑。苞谷粑清香又营养，让人联想到膘肥体壮的马、骡子，由不得你不去选择健壮的体魄，健康的人生。食客当然首选既好吃又保长寿的哟，你说他的生意不好才怪了。

正街的风景永远没有定格的时候，你瞧，又一块黑底白字的招牌甜蜜蜜地在勾人馋虫，天津风味小吃“炸牛排”“炸鸡排”。两个“炸”字展示了它香极的内涵，猫哪里嗅得腥？好吃的重庆人急忙在炸锅前扯起圈子，红衣绿裙，餐桌上笑烂了脸，你说是个什么景！

重庆人永远与“吃”连在一起，直到“山无棱，天地合，才敢与吃绝”。仿佛是一夜之间，重庆人的肠子还保留着昨日美味的余香，今晨又见油光色黄、香酥皮脆的“南方香酥童仔鸡”。好一个香酥！用二十几种名贵中草药卤好，再放进油锅炸，待体态光亮油润，绽放出成熟美，悬挂空中，香味飘飘，让人垂涎三尺，还有谁不乖乖地掏腰包。

好吃的重庆人买，不好吃的人也买。正街的生意人太勤劳、太肯干，把一个小小的街搞得一天一个景，你想，不努力挣钱行吗？

百鸟朝凤

下了班。穿过停满旅游大巴的街区，从蜂拥而至的观光客举着手机的身边挤过去，重庆三峡博物馆、大礼堂、黄桷树，或许，我的背影都囊括进了游人的打卡集锦。凌乱的发丝散在眼帘，几十米外我就听见黄桷树上的鸟叫声，叽叽喳喳如一片密集的云飘在头顶。顺着这根声线滑翔，泊在荫处。扬起头看树上，听那些清脆婉转的、高声急切的、绵软如温玉的鸟鸣和声。我仿佛听到妈妈的呼唤传遍了烟雾氤氲的巷子；我好像听到女儿爱娇的声音熏染出玫瑰的芬芳，我想象着鸟儿在阳光下分享食物的微笑多么甜蜜！百鸟朝凤的舞台，谁是英明的指挥？

阳光摇碎斑驳了衣裳。仰视密林，是哪只鸟儿在引颈高歌？站在春天的舞台拨动琴弦！

这是合唱！一定是合唱，混声或四声？是一人指挥万人合声的劲歌！在倦鸟知归的傍晚拉开序幕，在四季常青的绿叶中发出清脆悦耳的高亢，振动耳膜，直击心扉。鸟儿站立树枝保持挺立的姿势，以唱诗班的虔诚引领千百只鸟儿从腹腔发出同一个充满底蕴的合声；合唱饱满有力，和谐优美。只有丰衣足食的身体才能发出如此美妙持久的赞叹：赞叹大礼堂见证重庆70年翻天覆地的变化，赞叹黄桷树以四季不变的绿叶为三千万子民遮风挡雨。

记得，鸟儿的家，原本在大礼堂上128级踏步中的第14级踏步右边那棵小一点的伞状树上。清晨路过，每每听到树上鸟叫声像盛开的花次第绽放。它们何时举家迁到广场上的大黄桷树上？有十来年吧。这棵树冠更粗壮高大，与其他树枝交缠如掌擎天，密不透风，如悬浮的地球村，连天接地，朝阳迎接晚霞陪伴，终日歌舞弦乐不绝于耳。大礼堂名扬中外，宴九州宾客。鸟儿的子孙在树上，人类的子民在地上，物我两相忘，自然和谐，代代繁衍。

每天穿越其间，右边大礼堂，左边三峡博物馆，正面人民广场游人如织，市民优哉乐哉享受慢节奏的生活：气定神凝的太极爱好者，扭动腰身跳伦巴的中老年朋友，踩着旱冰鞋在人流中风驰电掣滑过引起阵阵惊呼的孩儿们……五星红旗的旗杆下孩童攀爬滑板时憨态十足的爱娇，让人心生爱怜。人民广场与大礼堂融为一体，黄桷树更是不可或缺的建筑。大礼堂气势雄伟、雍容华贵，成为重庆直辖后地标式的建筑，让游人流连忘返，拍摄留影，中外名人慕名前来一睹风采。

清晨的大礼堂，从有朋自远方来的接待中开始忙碌的一天。

最是那清风爽爽的早晨，四面八方涌来一群群的旅游队伍。导游女生举着小红旗走在前面，沐浴着晨曦，红扑扑的脸蛋看谁都是笑，我目光紧随，跟上去，想听她怎样介绍大礼堂。

“看！重庆市人民大礼堂。”她手一指，“中国著名建筑设计师张家德先生设计，是1951年新中国成立后建造的第一座具有浓郁民族风格的宫殿式建筑，外观有天安门及天坛的造型艺术，厅内36根云柱矗立，沿360度环布撑起了650米高的穹顶，凤舞莲花，金碧辉煌，非凡的建筑成就载入了世界建筑史册。”

“你们到大礼堂，一定要多拍摄留念，重庆好美哟！”

“看！黄桷树，重庆市树。最大的黄桷树就在这！”她指着广场上鸟儿筑巢的大树说：“它象征重庆人的精神，坚韧不拔，勇于攀登，乐于奉献。”我夹在游客中听她讲解，四目相对，莞尔一笑。心里默默地说：“给你点赞，姑娘！”

行走在上清寺天桥上，常遇到问路人，问大礼堂怎么走？

“右边梯子下去，前行 200 米，有鸽子飞的地方就是大礼堂。”在泰古艺术广场沃尔玛商场街区，身背行囊的旅人只看到露出金顶的大礼堂就是找不到入口处，左顾右盼。我会走过去告诉他：“大路前方左拐就是大礼堂，右前走就是三峡博物馆。”游客忙说：“谢谢！” 我说：“不用谢。”

在阳光灿烂的午后，在大礼堂侧入口处的黄桷树下，你会看见一位银发如雪、弓背塌腰、嘴凹似弯月的 90 岁老太太坐在小凳上，就着叶缝漏下的阳光一针针缝制鸡毛毽和小风车，插得满满的一竹篮，风吹起，呼呼地响，如旗如画。勾住了多少行人的流连，驻足羡慕她的健康长寿，小孩围观争相欲购。她笑着对小孩说：“手举高，跑快点，它就转得飞快飞快！”

云山有路仙客来

——写在罗平二十万亩油菜花海

二月初春，寒风料峭，暮色中天空飘着零星细雨。好冷！踏上开往云南罗平县的大客车。在“颠颠颠”的摇晃中，万亩油菜花海胜景，在脑海里次第展开……

暗色中的山峦树影，似乎捂住一个巨大望花筒，吊足了人们的胃口。次日凌晨，多数的旅伴还在沉睡，不知是谁的一声惊呼：“油菜花。”一下子被惊醒，撑起胳膊肘往窗外眺望。哦！一小块一小块的黄绸点缀山峦，微风拂过，如村姑袅娜的身影耕耘山间，空气里流淌着潮湿的气息。

到了！我们手忙脚乱，整理行装，迫不及待地跳下车，扑进它的怀里，眼光贪婪地寻觅——眼前没有所期待的金灿灿的广阔的花的海洋，好像也没有谁要追问：“花儿，你为什么没有黄？”

公路一侧是金鸡岭，岭上有座寺庙。登高远眺，万亩花海尽收眼底，喀斯特地貌锥形的山峦，在田间地里拔地而起，云雾飘绕时如万顷波涛中的小舟，蔚然壮观。公路另一侧就是被上海大世界吉尼斯总部授予“世界最大的自然天成花园”的油菜种植园。

此刻，探访的脚步正落在花园边缘。这是油菜花最集中、面积最广阔的一处，叫牛街乡。眼前是一片绿黄的海，绵延数十里，微风吹过，柔波万顷，村落棋布，山丘点缀花海，构成别致的“千丘田”田园风光。一条红褐色泥土铺就的小路蜿蜒游走油菜花田。一溜牛车，披绿挂彩，布篷上绘满大朵牡丹，有的牛车写着楹联：“云山有路仙客来，踏平坝子只为花”。前面套一头雄性大牛，双眼圆瞪，八字弯角朝天，威仪庄严，拉十个八个人不成问题。赶牛车的汉子，脸上透着高原红，亲切地唤道：“坐牛车哟，从花海中穿过，走到山那边云深处。”游人三五成群，或驻足观望，或讨价还价。沿路的小棚里都是卖蜜的、卖煮红苕的、火烤苞谷粑的，累了渴了的游子就坐在凳子上吃完手上食物才慢慢起身给钱。农家小生意人绝不撵客，纯朴善良尽在软言细语的妥协中把买卖做成。

跳进花海的一刹那间，我们把自己变成了花蝴蝶，展开一双已不能高飞的翅膀，东扑腾一阵，西咋呼一圈。你看，又在换衣服了——“兰花花的披巾给我”“头上花环拿来我戴”“快点给我照一张”“看啦！天上的雾。”

雾，白纱一样的雾，妙曼飘逸，轻柔淡定，似仙境弦乐，如泣如诉，你的心慢慢地随着它飘了起来，轻缠慢绕一座座小山，吻遍它裸露在油菜花海里的枯枝败叶般的筋骨。小山虽贫瘠且囊中羞涩，无一件华丽衣裳，依然年复一年地昂着头陪伴着油菜花，甘作护花使者。不远处的小山上站着如蚁的人群，穿红套绿、披巾戴帽，辽廓苍天之下，一艘起航的船，在碧浪滔滔的海洋，乘风破浪，驶向自然的原野，心神往得与天交流。

成片的油菜花由于受气候影响，花期推迟。碧绿的茎秆有的一人高，枝杈从主干呈推进状往上伸展，横枝斜逸，簇拥的花蕾一串串一团团缀满枝头，像铃儿响叮当，次第开花结果。绝大多数的花蕾呈含苞欲放之势，淡淡的黄，浅浅的绿，漫天雾气化作露水，沐浴过的油菜花湿漉漉的更是娇艳欲滴，微风中摇曳多姿，像静默中羞涩的处子，静静等待与阳光亲吻拥抱的那一刻。我们跳下地垅里，急着与花争春，把它搂在怀里，可它却说："不要碰我，别把我的孩子碰掉了。"低头一细看，可不是吗——花蕾下横长着一排排的油菜角，角儿青薄的皮下清晰可见一粒粒的油菜籽，清香可口的菜籽油就是从它的身子里挤出来的。

集合的哨子吹响，抬起沾满泥土的脚，走向下一个景点。我们怀着舍不得的心情就此离开花海绿洲。

带着对春的渴望追寻，来到九龙瀑布，它是中国六大瀑布之一。其中最大的瀑布高 56 米，宽 112 米，又称"神龙瀑"。瀑布远望似银链垂空，天河泻落，若有阳光，那一定是飞花碎玉般五彩斑斓。在此流连忘返、摄影纪念的人颇多。我们徒步爬上山顶的观景台，一目观十瀑的胜景尽收眼底。这时天空放晴，有霞光从云层中透出，空气像被洗过一样清新宜人。

我们欢闹着向山顶的公路奔跑。马车"哒哒"地走来，唐代诗"春风得意马蹄疾，一日看尽长安花"一下呈现脑海。上马车哟！天高云低，伸手可摘，心情无比畅快。马车上高声唱起"马儿呀你慢些走耶……慢些走"。赶车的老头也神气活现地跟着哼起，惹得行人驻足观望。

油菜花，金灿灿的油菜花。天呀！眼前一片片金灿灿的油菜花，如黄绫锦缎，阳光照射下流金溢彩，花飞蝶舞。大自然竟是这般巧手天成，把山推到天的尽头，油菜花田高低错落，如一条金色大道伸展远方。有名的"螺蛳田"景观随之而现，它地貌如螺，中心一棵大树，周围的农田螺旋般展开。特别在春天油菜花盛开的季节，螺蛳田经人为彩装，纹路清晰，色彩艳丽，美不胜收。我们情不自禁，又是一阵狂拍乱摄，恨不能搬回家去。

春归何处？换取归来同住。

值此，心无遗憾。告别清风朗日，告别春天的油菜花。一万年太久，只争朝夕。

面对大自然，人类怎能不顶礼膜拜，自惭形秽；而面对喧嚣热烈的春天，又怎能不怦然心动呢……

那一块芳草地

落过最后一场春雨，好说歹说逼着爱人打点家什搬到分了近一年多的新屋。

新居室宽敞明亮，阳台上一排青枝怒放的盆景，角儿倚一株盘虬的葡萄，春意浓郁，夏日凉爽。清晨一推门，香气袭人，斜阳软照，你深吸一下，宛若有无数的绿意送进肺腑，那惬意、那畅快无以言表。可就在我心的深处，总潜在一股烦躁不安。早起，我想去锻炼，傍晚，我想去散步。而四周林立的高楼，间一隙之隔，木叶稀疏，街瘦道窄，昼夜难息的汽车喇叭声，加之鸡犬相闻、老死不相往来的邻里关系，真让人感到空间如此狭小，天地如此狭小。

我怀念起我的旧居来。

那房不甚好，也不甚亮。

天微明，你舒懒地靠在床头，就听见屋外高枝上雀巢中的欢叫，碧绿的树叶满布窗弦，道路两旁的法国梧桐枝叶繁茂，遮天蔽日，丽日当空，你会动心地伸出手去接住从叶缝中漏过的光束。秋天，金灿灿的黄叶厚厚软软的一层似乎铺到落日的尽头，令人心中充满秋实之感的快乐和踏实。

多少个清晨傍晚，我傍立在墙内的山崖上，凝视着山下的田园农舍，翠竹簇拥，炊烟袅袅，鸡鸣狗欢，以及那起伏着的歌乐山脉，时而还传来的匠人的哼哟声、锤子声。我神往痴呆，觉得自己羽化般如一只鸟，扑向那绿色的怀抱，尽情吮吸清新的空气和土地的芬芳；又如一只蝶，翻飞在收获的金色季节，不停地采集着百果之蜜，采着生活甜美的蜜。

夕阳将尽，收去它最后一抹唇，有只蝙蝠从眼前匆匆掠过。我挽住神驰的思绪漫步回家。

一天繁杂的工作和乘车的颠簸造成的疲劳紧张都一扫而光，浑身轻松，神清气爽，像清水洗过身洗过脑一般的舒坦畅快。天在擦黑的朦胧中，你会看到三三两两的顽童在追逐欢叫。“碰”，一个足球射到你身上，等你来不及搞清由来，就听见一声稚嫩的标准普通话音：“阿姨，对不起！”一张可爱的小脸扬起望着你，你会忍不住伸手摸着他的小脸蛋，柔柔地说：“不要紧，不要紧。”甚至，你不得不受他的影响，操起川味极浓的普通话。那时，你的心里涌起好一阵春潮般的暖流和强烈的爱心。你会情不自禁地为着这可爱的一代、幸福的一代感到由衷的骄傲和自豪，你会为我们这个伟大的时代孕育出的文明健康的新生代而欣慰。

那不远处的浓荫下，石凳上围坐了一圈老太太，她们安稳地坐在那里闲谈着，你会萌发好奇不自觉地走上去，停在不远的距离想偷听她们的话题。她们操着南腔北调，可见是跟随着儿子或者女儿从五湖四海走到一块的。老人们幸福吗？我的第一反应便是她们晚年幸福与否。从断断续续的话语里，太多离不了儿孙的孝敬和可爱，你看她们平和慈祥的面容，整洁干净的衣襟，就会放心地离去。

楼房里的过道上碰见邻人，他总是率先极有礼貌地问起：“休息？”“下班？”并且都一律使用国家一再推广的普通话。

偶尔有人敲门，你打开一看是邻居，便热情相邀，她却极认真地告诉你某君今日被盗，你们务必多加小心之类友善光明的嘱咐。你难道不为自己身处这样一个友爱和睦的大家庭而感到放心，你难道不为这份难得的真心爱心诚心而愉悦心安吗？

我怀念我的旧居老屋，那是块芳草地。

养　蚕

从那春花摇曳的午后开始，我满脑子想的就是蚕，满脑子幻想的还是蚕。假若，满街密密麻麻的人是蚕就好了，梧桐树呀、黄桷树呀是桑树就好了。

当我把蚕宝宝装进长方鞋盒，食指勾着草绳栓成的活套悠悠地畅想着——女儿春天般的大呼小叫；惊喜夸张、小眼变大眼的神态，就笑口难闭。未料，迎来的却是她一连串的咋呼："呀！怎么这样丑啊！"

那不停蠕动的蚕儿，麻麻点点黑漆漆一片，不由得打个战，浑身鸡皮疙瘩。形象不逗人爱，女儿态度坚决地否认亲手养蚕的初衷，只做一个看客。浪漫的养蚕便如一日三餐般实在，占据我有限的空闲。

小小的蚕儿需要细心呵护，采枝条尖尖的嫩叶，毛巾擦拭上面的纤纤尘土与清晨托住的水珠，撕得碎碎的，细细撒一层。隔两个时辰，那些小黑点儿又穿过碧绿屏障冒出来东张西望。最糟糕的是给蚕沙打扫清洁，黑点样的蚕沙一堆堆的，还裹住一些小蚕，伸手去拿全身又通电样的发麻，我就拼命想象蚕儿雪白透明的躯干，吐出银色的丝线无限地攀缠，炎炎烈日，织锦的夏衣给人一个透心凉。

蚕儿日夜不休地贪吃，一天一个样地长大。早出给它撒上厚厚的一层桑叶，暮归只剩一堆饥饿的蚕扭在一起你咬我咬和等待清出的蚕沙。

秀气地采桑喂蚕显然不够了。好歹在女儿学巴金的《养蚕》后要求养蚕时，我就对周边环境做了实地调查，发现在河边小斜坡上长着一棵一围大的桑树，树冠茂密，如伞撑开。我拍拍树豪气地告诉女儿："天下粮仓。"

我们先摘"粮仓"旁枝斜逸的嫩叶，满一小袋就够了。但蚕儿生长的速度惊人，不多久，女儿和我就不得不加大了工作量。天刚拂晓，来不及照照镜子揉揉脸，披头散发就冲出去摘桑叶。手中的袋子由小变大，还得带上叉棍，学着孙悟空的棒法左舞右打，压下的枝条由女儿双手紧紧吊住，我踮起脚尖才能采到高处的桑叶。到后来能压下的枝条也摘得光秃秃的，我就跳起脚来挥舞木棒"唰唰唰"地打。

冷不丁背后一声呵斥："打啥子，叶子打光了，我要遮太阳的。"

扭头看，一个满面横肉的壮汉穿件背心叉着腰，眼斜视一边的牛粪坑，骇得我和女儿夹起尾巴赶紧逃。再去摘桑叶，脚步轻，声气小，还小心翼翼地看那要遮太阳的凶汉在不在。

桑叶不够蚕儿吃，就尽量少放。褪尽黑色泛着青白光的蚕体放慢生长速度，走拢一看，一篮肉滚滚的蚕伸着头左顾右盼，丢一把桑叶，就响起如雨的"沙沙"声，撩拨起你母亲般的柔情。

该吐丝了，丰收的歌儿默唱了多少遍。蚕儿"上山"的麦秆用筷子剥成条，插在塑料泡沫上，如帆招摇，引得那些通体透明的蚕儿争先恐后地往假山上爬。

有一只身子变黑的病蚕，嘴里吐着丝，到处寻找织茧的支点。也许是因为病，它的丝老是断，久织不成形，可怜它的一片丹心。我把它单独放在纸卷里固定起来，第二天早起一看，它吐尽蚕丝的身体瘪瘪地蜷缩在薄薄的茧子里，它没能像其他蚕一样结成饱满雪白的茧，耀眼地呈现在你面前，然而，“春蚕到死丝方尽”的千古绝唱却演绎得淋漓尽致。

我眼前浮现起年逾古稀的老母亲，拄着拐杖，喘息着、顽强地行走在菜场与厨房的战场，尽心尽责地呵护着儿孙。

母亲，蚕……

梦想花开

嘉陵江温柔地蛰伏在冬季河床，舒展它清秀纤柔的胴体，我们已按捺不住对它身体的撩拨与畅想。一个潜伏心底的梦想在串通了几个小伙伴并拉钩上吊一百年不许变后，就悄悄捂在心窝，天天盯着日历一天撕去一张，静待开花时节。

立了春，过了除夕、春节、雨水，太阳公公接二连三地抹着胭脂唱山歌："东方红，太阳升，中国出了个毛泽东……"小伙伴们受不了啦，全都喊："热！热！热！"动手脱掉妈妈春节缝制的新棉袄，换上小夹袄，伸胳膊抖腿，四肢解禁全放开，脚板背到背上，像风一样刮到这儿、刮到那儿。

家家户户伸出妈妈的头，都喊："不要乱跑，摔倒了，过年过节的。"一串串银铃般的笑声飘过炊烟正浓、年味正香的屋顶，带风的孩子们跑着跑着冒出热气，渐渐地额头渗出毛毛汗，脸蛋红了、耳朵染得像烧腊，全身上下热气腾腾像个大蒸笼。忙乱中衣包里滚出几粒焦黄的炒胡豆，一粒永星玻璃纸水果糖，哎呀！我的糖落了。急忙从地上捡起，剥开透明纸一咕噜塞进嘴里，灰沾在唇边，却一点都不觉得，手又划过，带出一条小蝌蚪，漫游在苹果脸蛋上。

谁在说到江边去？

风一样的孩子又刮到江边。

望着弯到江心的堤坝，尖尖上飘着一面红旗，河风鼓荡着它在风中殷殷招手。脚步又齐刷刷地奔了去，扬起的沙尘淹没了呼唤的声音。

远看石堤如一条白色长龙卧在江水中，近看是乱石堆得七棱八角。有堤就有了码头，分了内河、外河，外河行大船，内河行小船打鱼。脚步落在石棱上或凹凸的石面上，身子摇摇晃晃像耍杂技，两手张开。低头的当儿，眼睛滴溜溜转，从腋下看见网上的鱼鳞在太阳下反光，就喊："网起鱼了，网起鱼了！"内河无浪无惊，小渔船像纸做的小飞机停靠在安静的镜面上；外河的浪子撞得石堤"咚咚"响，大船随波起伏晃动。会不会把船撞烂哟？船上装的是粮食和肥料，多么宝贵的东西！想要驾船去冲击摇荡的念头在担心的瞬间一并生出，有一个木盆就好了！这个念头在萌芽中被不可能三个字掐死。

走到河堤尽头，就站在江中心，无风三尺浪，心胆怯。外河内河扯成平阔的江面，小旗是浪里行船人的命啊！

"哼哟"声从对岸传来，看！船老板在拉船。十几条绳子套在船老板肩膀，他们头抵到地上，绳子勒进肉里，吼声很大，力气更大，在和水拼命了。看呆的小人儿发现了新大陆："哎呀！没穿裤子。""哪里？哪里？不要看哟，看男娃儿撒尿，要长挑针。"胆儿大的把指缝张开大一点，偷偷看裸体的拉船人。

转眼，桃花谢了春红。妈妈屁股后头跟一串姐妹，到河边洗冬衣，勤快的爹爹也跟了来。浅水里一窝窝小蝌蚪，围着柔柔的水草恋来恋去。捉蝌蚪的游戏和扯水草的劳动都止不住想亲近水的渴望，裤脚挽齐大腿，就差没跳到水里。游泳啊游泳，成了我们日夜焦渴的梦想。"爹爹，你游给我们看嘛。"经不住软磨硬泡，爹爹"扑嗵"一声跳进水里，鼓起腮帮子，哗哗地游起来。爹爹的手没有大把向前甩，而是使劲往胸前刨。上岸问爹爹：“你游的什么？”“狗刨。”爹爹雄壮的回答。我要学蛙泳，青蛙的蛙。

心里祈盼七月的洪水快快来临。

涨水了！暑假的闲时与午后的饱胀都加速了我们想快点梦想花开，到大风大浪中去锻炼成长。彼此瞧着的眼神有些怪异，无声的交流一天都没停过，什么时候下水？你说呢？

终于，一个炎热气闷的午后，躲过父母的监视，我们风一样奔向滔滔洪水。天呀！航标灯在天边跳动，浅水区尽是密密麻麻的纳凉人。水里人笑得飞花溅玉；打水仗的小孩，跳水的大人。在船上的人一排排地往下跳，直冲急流，像浪里蛟龙，风雨海燕，欢腾着和江水斗浪，场面壮观刺激。不怕死的心在那一刻被激励，眼睛一闭扑进水里，黑暗中手忙脚乱，扑腾两下就没顶下沉。心一慌就张嘴，水呛得人气闭，一蹬脚就冒出水面，捂着嘴不停地咳，咳呀咳地反而笑了。原来游泳就是这个样。伙伴们说，这不是蛙泳是埋头水。埋头水也是游泳。就一遍遍地扑进水里，沉下去，站起来，站起来就看见趸船上一排排光胴胴像下饺子似的跳。他们跳下去，我站起来，如此反复，终于可以在水底世界前行了。

夏天快结束了，有人问你游得来泳吗？我笑着告诉他，嘉陵江边的娃儿怎么可能不会游？心里得意极了。

第三编

生命礼赞

有这么一句歌词：昨天的太阳，照不到今天的树叶。每一个属于我们生命的太阳是多么好呀！

珍惜生命，不在乎得多少钱财和权势，而是生命有没有充分燃烧。

张老五和他的老婆

张老五的馆子实际上是他老婆掌伙，他本人只算得上个兼职，他正儿八经还是个国营单位销售部门的经理。

此人相貌堂堂，初中文化，大学水平。其妻在他的关爱滋润下，虽近不惑之年仍风姿绰约，且保持发扬了勤奋节俭的好品质。他两口子夫唱妻随的美德在最艰苦的年代就体现出了。

80 年代初，两个小工人月薪几十元，结婚又添子，无住房无存款。张老五脑瓜子灵，跟老婆嘀咕，率先抱电视出家门占领市场——摆摊搞电子游戏。哪怕一天赚几块钱，夫妻俩也乐此不疲，上下班轮流上阵。帮人修胶圈几厘钱一个也干通宵，有人劝甭吃点耍好点，免得人说。当时挣外水钱还是件羞羞答答的事。有傲骨又傲气的张老五吼：“一不偷、二不抢，靠劳动挣钱怕哪个！”

有这个指导思想，到近郊远县出差，便宜的黄鳝鱼鳅捎些回来赚个角把钱也心花怒放。哪怕赚一分钱也要给老婆汇报，然后再商量怎么用。所以他家电器用得早更新得也快，响的转的跑的全用过，惹得三朋四友羡慕眼红。在张老五的操纵指挥下他的家真的比别人先富起来。

话说 90 年代末，张老五这个销售经理也销不出东西了，老婆又下岗两年多，娃儿读书每月几百，担子越挑越重，张老五的脸也成了苦瓜脸，于是就生出开餐馆的念头。

老婆能干，百里挑一，餐馆顺理成章诞生。请位大师傅，两个伙计，老婆排三，他排四。张老五还得假巴意思地到单位报到，业务没有，挂名有。餐馆是老婆撑起干。清早跑农贸市场，讨价还价、大包小包拎回来，师傅伙计安排一番，然后自己埋头清账。我得插一句，他老婆是特殊年代的产物，文化不高，年纪不小，开业前后每晚加班加点练习算盘和计算器。临到运用时，技能障碍、心理障碍双重凸现。只要食客喊声结账，她就紧张得脸红脖子粗，手抽鸡爪疯样不听使唤。为此，张老五很苦恼，但又不敢说重话得罪她，她就是个能干不能写的人，于是张老五就天天晚上帮她练习。

他读高中的女儿很不耐烦，皱起眉头批评妈妈年轻时不多学点文化。他就吵她，少废话！赶得到你妈汗夹夹就不错了。买菜回来要算账，客人走了要算账，然后张老五和女儿当核查，没几天她就独立操作了。

馆子渐渐热闹，夫妻俩喜上眉梢。张老五索性买辆脚踏摩托车给老婆当采购，一会儿学田湾菜市场、一会儿小龙坎菜市场。为降低成本，放了高薪师傅，老婆亲自掌勺。客人说想吃冬旱菜稀饭，煮；想吃老胡豆，炒。电话预订，服务到堂，赚小钱，费尽脑花。再累，只要每天有点散碎银子，两口子也心满意足。好景不长，馆子主人要将馆子“易嫁”，忍痛割舍。老婆心不甘，去新疆、武汉考察，奔波了一月余，人都整病了，才歇了这颗雄心。

后面，张老五在策划搞个厂。他能吃苦有脑水，肯定有戏。把钱借给他，不怕他不还。

长辫子老师

照片上那笑盈盈的瓜子脸，梳一根长辫子的是我的启蒙老师——刘汉姚女士。

开学的第一堂课，教导主任身边跟着穿碎花连衣裙的她，白净脸庞涂着羞涩红晕，惊喜的目光流星样扫遍全班。她就是我小学时期的班主任刘老师。

那一刻，美丽的含义在我幼小的心灵沃土扎根。瓜子脸、白牙长辫、高个细腰，成了我一生追求美的坐标。我发誓：要有一根像老师一样的长辫子，走起路来在屁股后面一甩一甩的。

初为人师的刘老师，为把 40 多个“小山雀”教育成共产主义接班人，使出浑身解数，敲榆木老壳开窍。她常常说得声音沙哑，咽炎发作，一只手按住脖子，一只手在黑板上写：“同学们，老师说不出话，请大家自觉！”顿时，教室鸦雀无声。小脸蛋们眼看被病痛折磨得愁眉苦脸的老师，连平日最捣蛋的同学也老实了。望着秩序井然的课堂，她眼睛红红的，动了动唇，发不出声，转身在黑板上“唰唰”写出“同学们乖！”几个鲜亮红字，赫然醒目。

好一个“乖”。把同学们哄得进教室的脚步都放得轻轻地。其他任课老师丈二和尚摸不到头，问：“汉姚，你班上娃儿平时难缠，你病了不能管了倒还乖了。”她灿烂一笑：“懂事了呗。”

三年级，几十张小嘴可以伶俐的同老师斗嘴了。吃药打针消炎却成了她的老三篇。我却不以为然，谁叫她一天到晚都是找调皮生谈心呀家访呀。我妒忌她仙鹤般修长的手指抚摸他们的脸颊和头发，而不是我。

这一天，机会终于来了。课间休息，一个男生把我撞倒在地，嘴角流出血，我赖在地上不起来，想等到上语文课刘老师亲自扶我起来。所以，一边干号一边淌着口水，好让别人知道我真的好痛。捂住脸的手时而悄悄抬起来偷看一眼窗外，看有没有刘老师的影子。就这样等呀等……结果呢！结果可想而知。她纤纤细手擦干了我脸上的泪，拍打拍打衣服上的灰，说：“大姑娘啦，要学会自己站起来。”我破涕为笑，怡然自得她温柔至深的慈爱。

女儿作业本上她这样写：“老师在讲可爱的熊猫咪咪，我听得津津有味，突然，一个同学站起来说‘老师，多久下课？’他因尿急打断了老师的思路，这下老师可火啦，大声说‘给我滚出去！’她指着的手指像拿了一把枪，我害怕得埋下头。”

“女儿，你没妈妈运气好。”她莫名其妙傻地看着我说：“什么意思？”

“妈妈的小学老师可不是这样。”

老师的男朋友来了。大学生，高高的个，围一条格子围巾。单身宿舍的木门裂着缝，放了学，好奇的小眼睛一窝蜂拥去，一个脑袋挨一个脑袋地盯着缝看：他拿一本书坐在床边，老师剥一颗玻璃纸包的水果糖，送进他张开的嘴里，他眯着眼一副很陶醉的样子。不知是谁的喉咙“咕噜”一声，引起一片咽口水的响声。也许太响了，惊动了美好的恋人。老师转过清秀的脸望着门走来。吓得同学们像惊飞的麻雀。老师打开门喊：“不要跑，摔倒了！”

转眼，相聚的人要分别，惆怅像毛毛虫爬上老师的脸。学校边是大块葱茏的菜地，小路弯弯至河边，风儿撩起她飘逸的长发和她的方格子围巾。他俩相拥而立。

后来他们结婚了，他也成了一名光荣的人民教师，几十年相敬如宾，风雨同舟。那一年，他得肝癌，刘老师病床守候，端茶送水，寸步不离，临终时紧握对方手不放，同室病友叹然：“真是情深意长。”

接到通知，十几位而立之年的同学匆匆赶来探望老师。望着紧闭的房门，哪里还有昔日娟秀的身影，哪里才有通往天堂的鹊桥之路呵！想象悲痛欲绝的老师何等虚弱孤单，心里非常沉重。

天上飘着毛毛雨，淋湿了头发和衣裳……

北方佬老白

引起我注意的是他的口音。他托盘游刃于稠密的菜筐背篼之间，替小贩送饮食送茶点，声音洪亮巴实，皮肤却糙如牛皮。

我对丈夫说菜市场来了个外省人，丈夫只嗯一声。久之，才知道他们早有联系。

那人姓白，同丈夫一样都是北方佬，喝烈性白酒，且是说干就干的德行。老白是前几年南下创业的北国先锋，揣着几扎票子来到化龙桥安营扎寨，操练一个叫“北里香”的火锅店。老白坦荡大气，由“丘二”主宰锅勺；侠骨豪爽，来者为友，举杯同乐，常常是二麻麻下来连送带推说“朋友哪能给钱？”待酒醒过来，好心人提醒他生意不能这样做。他连声说对，但朋友还是要交。半年不到，老白就被“洗白”了，赤条条地成了一个盲流。

此后，老白就在菜市场打杂送货，需用力气活时喊一声他就搁平了。人们酬谢他多赐以酒，老白酒后能侃侃而谈，天南地北的龙门阵多得很。当地工商联谁都知道有他这么个北方佬。一些乡下小贩遇事还托他拿言语，这时老白就有了几分雄气，常常屁颠颠的。

老白的穷酸还在于他上无片瓦，下无寸地，天黑了，就把穷骨头搁在馆子相拢的桌上。别人拿钱雇人看房，他是免费赚得栖身之地，求之不得。脱了毛的凤凰不如鸡，夜夜寒风，单衣薄被，老白好冷！有时我丈夫邀他来家喝二两，随意薄酒素菜，我怪丈夫欺穷，总是尽力让他酒足饭饱打着嗝歪着身离去。

菜市场相遇，他叫我王老师，叫得人好难过。前不久老白来耍，交谈至深了，看他生活得艰难，问他为什么不回家。他说不混出人样不回家，说着眼眶潮潮的。在老家，老白当过供销社主任、包工头，有风风光光的老婆和成年的儿子，本想来重庆淘金，不料连老本都除脱了。老白说他有能力有才干，只是才美不外现。他在找伯乐，期待有“伯乐”慧眼独具给他一个展翅飞翔的天空。老白期待得好苦，竟有五年未回家了。说这些话时，他两眼痴迷，喃喃自语，发誓不混出个人模人样就不离开化龙桥。

哎，老白老白！倘若说头一个五年你从老板混到“丘二”的份上，第二个五年你还能从“丘二”混回老板的份上吗？人生苦短，四十好几的老白还能有几个五年呢？

只是化龙桥的下里巴人以谆谆厚意接纳了这个北方佬。

过了一回厂长瘾

朋友，女，外号“郝大侠”。浓眉大眼弯长脸，额上一个碰头旋；顺着旋纹梳理而下，漆黑且硬的头发挽成“国母”型。身着自己制作的服装，很招摇地惹得女人们羡慕，望背指点。她广交朋友，老、中、青三结合。尤与男性摆得来吹得拢，猜令划拳，浅斟慢酌，笑谈布衣里巷龙门阵，寻常百姓油盐酱醋柴。有了她，朋友们的笑声更爽更浓。

一天，许久不见的“大侠”在电话里说她当厂长了，被电波过滤过的声音仍残余几分亢奋的磁性。半月后见面，她的脸少了些滋润，有了风尘的剥蚀。她滔滔不绝地讲当厂长要办的种种厂长之事。一向贪睡的她闻鸡起床，夹起猪腰子包包消失在都市尘嚣中，到郊外的工厂、到税务、到工商，去扮演她的角色。

原来的厂长是她的老同学，偶然相遇，在他痛诉革命家史和英雄落难的故事后，“大侠”那根善良的神经被拨动，起了恻隐之心，毅然决然借了3000元给那位小学时代的男同学，并承担了负责经营一个小厂的责任。

一月余后，我主动打电话询问厂长如何。她说自荣任光荣使命后，老厂长再没见着，搞他的第二职业去了，每次由他的亲戚送七八个指令装七八个信封来，交管理费送报表等。没钱给工人发工资，我自己掏腰包垫，逢休息日就到县城公关或送货，披星戴月，来去匆匆，辛苦！

回渝的高速路上，累得昏戳戳的司机，又“扑哧扑哧”从沟里拱上公路，第二天还车，才发现少了两个车轮盖，哎！我这是当厂长吗？末了还是两声笑。

又一月，郝大侠来电话说，不当厂长了。这么久了，厂里过筋过脉的事啥都不知道，一分钱酬劳没有，连差旅费也没报，白尽了两个多月的义务。借款未还不说，老同学面也不见，我像“外傻”一样被打整了，管他的哟，过了一回厂长瘾。

洗尽风尘，回家相夫教子去，空了吹。

求 职

今天去求职，昨晚睡意全无。其实，我是在江上行过船淌过水的，又不是绒毛鸭子初下河，但心里总不踏实。就借“公关”书上说的，把自己“武装到牙齿”，举手投足、语气语言一一设计一番。

赶到市体育馆人才市场一看，哎呀，黑压压的人群挤满了台阶、走廊、空坝、室内室外，初春的寒气被人的热流一扫而光。到处是流光溢彩的脸庞和渴求的眼睛，我好不容易挤到招聘现场中央，想拿张表格都够不着。学生们挤来挤去，使我这个势单力薄的近视眼简直无法靠近看清招聘板上的内容。太多的人使场内空气不畅，顿感头昏脑涨，又奈何不得。人流把我挤到边上，顺势到楼上坐下。在高高的楼上看下面人头攒动，那涌来涌去的应聘者，像一块未剥纸的方糖上挤满的蚂蚁，闻着隔纸的甜味你争我夺，未知运气如何。

环顾四周小憩的人们，打听他们大部分皆属渝州大学、重庆大学的毕业生，猛然明白，面对这些高校毕业生和优秀的应聘者，深感自己缺乏实力。小米加步枪的时代过去了，崛起的是电脑、科技时代，人们起码能说两国以上的语言，而我已属“老板凳”。“老板凳”的遗憾是年龄大和知识面窄、适应力差，“老板凳”只能垫底，陪衬青枝绿叶，不服气不行。

等到 11 点多钟，我还是走到楼下去填了一份应聘表，微笑着说："希望能为贵公司服务。"就拜拜了。说这些话时，心是虚的，底气不够。回家的路上，想得最多的不是失落而是再去学个什么，因为磨刀擦枪还不晚。

凡人素描

儿子的作文

清晨八点，对面屋里就雷翻阵仗。“五好”家庭吵架了。好奇心驱使我尖起耳朵听下去……

“呃，老娘屎一把尿一把养大了嗦，吃穿冷热样样照顾到堂，你非但不美化妈，反而白纸黑字写妈偷水。你妈几时偷过水？偷的啥子水？”女的嗓音越吼越大。

“你说可以想象嘛，作文要跳出框框套套嘛。”小儿嘟嘟囔囔地反驳。

“你说啥？想象？你就想象妈偷水。学校老师看了，妈的老脸往哪点搁！”“后面我写你改好了嘛，不偷水了嘛。”小儿继续辩护。女的更是气不打一处来：“你找不到话说！今天我就要把作文扯了，让你交不成。龟孙子娃儿吃了妈的饭，没说把妈包装一下，还朝脸上糊屎。”

“包装？妈你又不是东西……”小儿不解。

“啥子咹？你还骂娘不是个东西呀，老头，快起来给我捶！”

“吵啥子，吵啥子，”男人起来说：“你给儿子一个轻松愉快的早晨要不要得！”

“你儿做作文写我偷水，要是写你，你气不气？”

“嗯？唧个恁个写呢，这是对你妈人格的贬低。”男人义正词严地教育小儿。

小儿细声细气答了一句：“本来我默到写你的。”

“啊……”

热心热肠

7月8日早晨，我乘219路车到牛角沱。快到终点，听售票员女士对一位晾衣竿似的少年说：“你咋不早说去参加高考呢？要不然随便唧个我也要停车让你下。”

周围有乘客问：“到哪点高考？”“一中，9点钟。”少年哭丧着脸，声音气气都没得了。“哎呀！你这娃儿唧个坐到牛角沱来了？”旁边人干着急。“我默到在小龙坎下车，前头后头都是人，我挤不动。”众人七嘴八舌出主意：“赶快下去打的，还来得及，现在刚过8点。”“坐摩托不怕堵。”

我下得车，放心不下少年，折到转盘看如何。哪晓得，一圈乘客围住那少年，他正骑在摩托车后座上。我拍他肩问钱够不够，他笑答：“够了。”

摩托一溜烟跑了，有人高喊：“崽儿，祝你考个状元！”我的眼睛顿时有些发潮。

猫亲家

车厢内，两女士搭起了飞白。话题扯到猫上，立马来电。

“我是波斯。你呢？”

“我也是波斯。”

“我家妃妃好靓呵。”

“有好靓？”

“高鼻子蓝眼睛，常常高坐一处，万般皆下品的样儿，好清高哦。”妃妃的主人一口气连顿号都没打，激动得像在诉说自己的初恋。

“真的恁个好？我们两家通婚，要得不？”

“关键是看我家妃妃瞧不瞧得起你家小子。前次抱来一个胖仔，气得她不吃不喝。胖仔亲热她，她就用脚打开，不停地怪叫。硬是把胖仔气跑了她才开心。”

“有恁个严重呀？”

“嘿，天界地界都要讲门当户对哂。”

“说不定有缘，千里姻缘一线牵嘛。”

“要是成了，我们就是亲家了。”

旁人听了，不知两女士在说猫，感叹道：“娃儿都还抱起的，就在打亲家了，动作真快。”

“海”水苦涩

改革大潮风起云涌，下海呼声此起彼伏，如惊涛拍岸。环顾左右，亲朋熟友个个离地“飞去”，禁不住内心躁动。也翻箱倒柜掏出两个红本本，拣起丢了数年的“川味普通话”来操练操练。浏览报刊，专寻聘事，提着小包，昂扬着微施点缀的脸庞：成熟大方得体。兴奋加激动，自信加气质，感觉良好。

应聘者多如一窝蜂，红男绿女，美不胜收。相形之下，有点自叹弗如。殊不知，沸腾的激情不认输，决心于海阔天高一试高低。

考场如战场，寸步不移，唯恐一去招来闪失，全身心投入，表现“最佳”本色。一场面试下来常常腹空便急，过三关斩六将，茂密的花枝绿叶七零八落。筛选的要专门培训，少则十天，多则半月一月，费用自理。这下便苦不堪言。

应聘者多数在职，跳槽无非欲实现人尽其才、物尽其用、按劳取酬，进而实现自身价值。加之，天时地利人和的宽松环境提供了机会。与打滚邋皮、耍旷工、请事假无所谓的人不一样。想脱离未脱离单位的情况下，还得履行正当的请假手续。

请假难，难于上青天！为得恩准，“卑躬屈膝”软言细语，赔上廉价的微笑，甚至“出血”，求其生路。绿灯一亮，又觉前途灿烂光明。“一培”下来，所剩者寥寥无几。偶露尊容的经理，面前一坐，大手南北一挥："带上你的能力和钱包拿业务回来！"

动了真格你才知什么叫真格。

好一阵莫名的惶恐袭上心来，你嗫嚅道："恐怕不行。"

"不行？""拜拜！"

一场轰轰烈烈的下海梦，在铁面无私的"艄公"面前彻底破灭。下海亦难。

踩辘轳

他本是一名车间翻砂工，同事们戏称“扒砂娃”。

一次，机械局供应科要两名提货工，领导推荐了他。

脱离翻砂车间，他如获至宝，珍惜这来之不易的好工作，尽管仍然是个下蛮力的活。他早出晚归勤跑腿，忠实地守在领导身边听任调遣。凭他一腔侠士衷肠，很快赢得科长青睐。逢着出差呀加班呀，科长没忘记过他，还总是拉到一边去单独叮嘱，不是对他的信任和器重又能是什么？他能不全身心报知遇之恩、孝犬马之力吗？

科长有个习惯很特别。

每个月叫两个工人到家里大扫除。厨房厕所，坛坛罐罐无疑都是清洁的对象。小李不做粗活，专干一样绝活，踏空缝纫机。科长家人少，缝纫机绝少用，锈蚀了很可惜。“勤俭是咱们的传家宝。”科长语重心长地说，手边拍打着小李的背。因此，小李来的任务就专干踩空缝纫机，让辘轳滴溜溜转上半小时，用布擦一两遍，擦得机子通体透亮，油眼每个灌饱油，盖上盖子遮好布。

科长满意极了。末了，总说一句：“小李好好干，有前途。”

小李初中毕业，适应四化建设墨水欠足，想去学堂添些知识，科长慨然给了时间，报销了学费。学习期间，踩空辘轳从未断过。有次小李发烧四十度，挣扎着还去，妻子心疼劝缓两天，他说不行，一月一次，科长是个守信的人，别人不会踩，非他莫属，坚持走去。科长感动了，叫小李煮两个荷包蛋自己犒劳自己。

供销处实行招聘制了，小李着实高兴了几天。他想，凭着几年工作实践的积累和刚到手的文凭，加上科长的通达，角逐竞争，稳操胜券。

一日，一向不嗜烟酒的小李今晚却提了瓶酒回来，一口一杯，喝至七分醉，才对一旁急慌了的妻子说，科长不同意放他走，硬卡下来，说空辘轳不能没有他。

喝到十分醉，他说了一句醉话："天生我材有啥用。"

第四编

心灵呼唤

林肯面对对手，发表这样的竞选演说："有人写信问我有多少财产。我有一个妻子和三个儿子，都是无价之宝。此外还租有一间办公室，室内有办公桌一张，椅子三把，墙角还有一个大书架，架上的书值得每个人一读。我本人既穷又瘦，脸蛋很长，不会发福，我实在没有什么可以依靠的，唯一可依靠的只有你们。"

勇敢的心

端午的雨在飘，是祭屈原的泪。

母亲笑着说话的口气和面容仿佛悬浮在空中，她轻盈地倒飘着，彩带环绕，头对着头，听得见她沉重的呼吸。祭屈原，百草为药，防病祛邪。这是母亲年年对孩儿们重复的话语。她带上门，震落了去年门楣上挂着的枯极的艾草，碎末如雨纷纷。

集市经历了五月初五这一整天的隆重节日后，山野的草药味依然弥漫在空气里，零星的挑担人守候着夜幕降临，想做完最后的买卖。

湿淋淋的草药，似乎含有母亲的体温，她很想靠上去，那是母亲凝滞的血脉渐渐的由软到硬的质变。她年轻的血管里畅流着母亲沸腾的血液，还有昨日青涩的味道。时光邈邈，赢得千秋尊荣却也褪去质感的屈原，以死明志的高贵，永远地成为忧国忧民的楷模。

母亲去世了，想的都是她更年轻一些时候的事。怀想她的是她的儿女们。

脑海里的那幅画久久挥之不去。是飞扬的剪影，一只蜻蜓倒映水中。一个光着脚丫的小姑娘飞奔在田埂上，风灌饱她的布衫，如翼双振；风抚平她惊悚的头发，扯在耳后。脚踝上飘散着一根凌乱的布带，拖落一地及至院坝里的一双大手上。她不是在跳舞，是在逃跑，想奋力勇敢地挣脱拴在脚上的锁链。

手握生命大权，更想掌控女儿未来的三寸金莲的外婆，是第几次？记不清了，硬要给母亲缠小脚。好与不好，小姑娘不懂，但没有比舒展蓬勃的身体更重要。她本能的反抗，又踢又咬，打乱了外婆小脚传承的梦想。

外婆有三个女儿，母亲排行老大。她付出的代价是不缠脚也不准读书。大妹二妹顺理成章地享受了抗争赢来的胜利果实。特别是三妹，能在当时封建落后的农村，读书读到高小毕业，真的像是一个女状元一样了不得，可贺她得了文化的福，新中国成立后荣任乡村教员。

那一个洋，怎一个“歪”字了得。农闲时，她打扮得洋歪歪的，跨出朝门，喊一嗓子：“走！排戏哟。”

“排啥子，升惠。”

“打铜锣补锅，走哟！”上身她穿一件浅底碎花半襟，阴丹蓝直管裤，脚蹬青帮白边圆口布鞋，纤尘不染，很窈窕地踩在挂着冬霜的如镜的田野上。

当兵在外十年的外公回来了。让有八九张嘴吃喝的大家庭雪上加霜，难以为继。只好把 17 岁的母亲嫁出去，走一个就少一张嘴。

母亲不愿意，被大哥押着嫁给了父亲。

不久，父亲辗转重庆去学艺谋生。堂姐暗约母亲下重庆找父亲，告知公婆，婆婆厉声警告：“不能。如果私逃，抓回来是要捆石沉潭的。”

她们俩偷跑的那天是逢场天。不是月黑风高，而是月光亮得怕人，影子在冬水田拉得老长，跑过几根田埂还觉得后面有人跟着。母亲怀里揣着借来的三块钱盘缠，在心跳的撞击下“咚咚”地响。步行三天两夜，硬是从潼南经三汇、西泉璧山歌乐山、山洞佛图关至通远门城正中心找到父亲。从此，就在重庆城安营扎寨。“要不是我，你们娃娃还在农村拉红苕屎。”这是母亲常挂在嘴边炫耀的一件事，也是她一生中最勇敢的一次叛逆。

女儿脑海里活跃的第二幅画面，母亲在夜行时，有没有花木兰投军的飒飒英姿？问母亲，她说不懂。只有偷偷摸摸，白天绕公路行小路，晚上借宿屋檐下，饿了刨地头的红苕，渴了讨口井水。后面有族长绳索的追逼，前面还有什么不可而知。问她逃跑时乔装打扮没有，她说没有，只是脸上抹了锅烟灰，为了避匪，衣服本来就旧的。那时心里惶恐，但是想到要和自己的男人在一起，就不怕了。嫁鸡随鸡，一个梦想的坚持。

就是这一个梦想，母亲在她心里一直是站立的。想到此，她心里一股暖流弥漫。突然想到余秋雨先生那年来到重庆演讲，讲过一句话。他说：“重庆给我的第一印象，它是一座站立的城市。”语毕，场上掌声雷动。她颇为感慨，母亲何尝不是这样的人。她从来没有倒下过，乞求什么，只是勇敢地迎上去。即便是在她最后的日子里，她长时间地坐在床边，不能躺下，躺下就不能呼吸，只能坐着，她也没有请求子女为她做什么。生活在这座城市的人们何尝不是！在大山大水中激流勇进，披荆斩棘，在所不惜；爬坡上坎，勤奋如踏实的老黄牛一步一个脚印；下山如猛虎扑食，不畏艰难险阻，是铮铮铁汉硬骨。

年轻的母亲与这座百废待兴的城市，一同迎来新中国的解放，迎来 1949 年重庆城的解放。她看到春天来了，百花开了。山城是怎样的一天天焕发出她的新生，一天天地变化着、更新着，一天天过上新中国主人翁的新生活。她做梦都没想到，一个母亲还能拿着小学生的识字课本，走进课堂，读着工人、农民、共产党。她识字了，能书写简单的家信，给仍在乡下的母亲寄粮票、寄钱。她拿着共产党居委会颁发给她，达到初小四年级文化水平的扫盲证书时，激动得热泪盈眶。

是啊，父母都不能给她的，是中国共产党帮她实现读书识字的梦想，给她认知世界的权利和自由。所以，她一生都骄傲。60 年时光过去，发黄的扫盲证书还好好地躺在柜子里，见证这座城市一个时期又一个时期的翻天覆地的变化，全方位解读文化科学是推动人类社会进步的真正动力。

母亲，你听见吗？活着的时候就想说给你听，可一想，不忙，时间还长着呢，慢慢再说吧。可这一等，竟成天地之隔。在女儿的心里，她永远是一位勇敢的了不起的母亲。尽管她是那么微不足道……

三瓶矿泉水

披着一身暮色，满脸喜气的女儿走进家，我边接书包边问："遇到啥子喜事。"突然间又发现书包边插着三瓶矿泉水，"怎么买这么多水？"

"妈妈，是奖励。"

我一头雾水。脑海迅速闪现画面——叉多钩少的作业卷，老师谨慎而委婉的话语，她的少言寡语，凝重的脸色更黑，她没理由获奖呀！

新学年开始，我手牵着手把女儿送进校门，并绕着阔大的绿色操场走一圈。来到读书亭，俯瞰滚滚东逝的嘉陵江，指着江面凌空飞架的大桥说："东观冉冉旭日，西看落霞满天，视野开阔，海纳百川，孩子，祝你在校园里快乐成长，努力吮吸老师教给的知识。"我紧紧抱住她，她一脸幸福地依偎着我。

九月的阳光，碎金般洒在女儿稚嫩的脸庞，看她神清气爽走在上学的路上，我心里一块石头落地。放学回家，在饭桌上我又听她讲班上发生的事。她说，有一次交英语本，她交了，老师说她没交，并批评她不诚实。后来在一堆作业本里找到，老师在全班给她道歉。我忙说："孩子你好有福哟。"

"妈妈，这和福有什么关系？"

"一般老师都不会承认自己有错，更不可能道歉，你的老师把师生关系放在平等的位置上，尊重你的人格，勇于承认自己的错，教学先教怎样做人，以身作则，是师者，传道授业解惑的最高典范。懂不懂！”看女儿似懂非懂的样子，我开心大笑……

好心情并没维持多久。什么时候遗失了她的快乐？在什么地方她遗失了自己的自信呢？孩子！妈妈看着你日渐紧闭的嘴角，越发瘦削而黑的尖脸，真是心痛万分，焦急万分。下班铃响了，我飞冲向车站，脑海里想象着孩子如何懊丧背着书包沉重地走出校门；怎样丧魂落魄地站在空寂的教室听老师训导；想象着她一次又一次退回到位子上修改作业的样子，那不是她而是我的羞愧，毒蛇般咬着我心。

下了车爬坡上坎，气喘吁吁，捂住累得发痛的胸口，拼命走向暮色四合朦胧中的学校。三三两两的学生走出，我直奔教室门口，雪亮的灯，女儿也在其中埋头写作业，我躲藏在走廊圆柱背后，偷偷观察：同学一个个轻松地走出来，女儿交本子听老师讲后又回到座位上写，如此反复多次，同学更少了，老师脸上无半点怨色。当她走出教室我急忙迎上问：“你这样笨，老师批评你没有？”

“没有呀，老师笑嘻嘻的。”

那一刻，我心房盛满阳光花香，充满对老师的感激之情。我真想对她说，孩子，妈妈担心的就是歧视，妈妈怕你受到伤害，怕你从此一蹶不振，妈妈有千个怕万个怕，甚至不敢给老师打电话。结果呢——不是我想象中的情景。老师一片仁心厚德，从奖励矿泉水的一件小事中，可见冰心玉壶般的高洁。

闻着空气中弥漫的烤鸭香味，和女儿并肩穿过闹市，五彩缤纷的灯，照亮大地每一寸角落，夜色多么美！

夏夜的希冀

夜已深，热又闷，酷暑好难熬。万籁俱寂，倦鸟知归，弟弟你在哪里？

亲情的魔鞭抽得姐姐彻夜难眠，声声麻将催人好恨好厌。仿佛看见，麻城里的你厮杀得脸青面黑，腰无半文，饥肠辘辘仍不肯离去。我仿佛感到你的灵魂已被麻魔玩弄得麻木不仁。我们焦急不安，规劝责骂关怀，你的回答只是沉默、再沉默。你的心已被麻将掏空。弟弟呀，你本是个好男儿。

姐姐们羡慕又嫉妒你，灾荒年每天一个鸡蛋的特权，使你长了一个聪明的脑壳。你眼明手快，思路敏捷，改革开放的第一个春天，一个漆黑的夜里你对爹妈说，明天你就当厂长了。你说《君王论》《三国》不能白读。从此，你马不停蹄，抓生产促销售。全家为你所动，跟着你连轴转，虽然很累，但那是一个多团结和睦、生机勃勃的家呀。你白的确良口袋里常常是一扎扎的人民币。那时你好神气！

你造新房，拄着拐棍的老爹嘴笑成喇叭花，逢人便说，是我儿造，我儿能干。你像一颗璀璨的星星把普通之家照得明亮而有希望。你新婚家具的红松木压得十个壮汉“哼唷哼唷”，引得街坊惊喳喳地跑来看稀奇，那阵仗不摆了。你成了我们心目中的神话，我们为你骄傲，爱你更爱你。

曾几何时，你胀鼓鼓的口袋干瘪了——因为麻将。

你神气十足的眼睛灰暗干涩了——因为麻将。

你昂首挺胸的腰板委顿了——因为麻将……

亲爱的弟弟，麻将毁了你，你毁了全家的希望。从你指缝中流走了多少钱？那是你一分一厘挣来的血汗钱呀！母亲脸上那道最深的皱纹是为你刻的，那头白发是为你愁白的。无论春夏秋冬，她喘着气，拖着有病的身子去看你。可怜天下父母心啊！

你早已是成年人了，为什么还要让亲人们有这么多沉重的牵挂呢？难道你就一点没被感动过吗？母亲说不要你的名誉利禄，只要你做一个正派人。要求很低，不是吗？弟弟，所有的人为了谋生到处奔波，烦恼丛生，很累很累，但想到你是唯一的弟弟，不说你，谁还说？血浓于水，不忍弃你。

愿姐姐的爱心、真心能打动你。弟弟，赶快从麻城里出来吧，重新做个好儿男！

姐啼血而书于深夜。

经年流珠

奶 花

榆树上的钟“当当”敲响，疯耍至兴头的同学们闻钟丧胆，敛起撒欢的小蹄子，潮水般涌进教室。

我们班不同寻常，老师探亲归来第一天上课。大家的脖子扭成九十度，眼睛一眨也不眨地盯着窗外，有的小屁股急不可待，越位探头张望：“来了！刘老师。”谁尖声叫起来，像一道无声命令，同学们迅速挺身、抬头、背手，痴痴注视着亲爱的老师；她脚步轻盈，满面春风，酒窝盛满灿烂的笑意，一身粉色衣裳，像画中人，多美的老师！

“同学们好！”美妙声音把我们从梦中惊醒，几十张小嘴憋足一口气：“老师您好！”吓得燕子窝里的三只小雀“扑啦啦”逃上蓝天。老师的声音清澈如溪水样柔和，偶尔低头沉思，嘴角挂着一抹笑意。不知哪位“包打听”把老师结婚的消息截获，并击鼓传花般传遍全班，大家七嘴八舌议论，准是花格子围巾抢走老师，莫名的怨气全冲着他去。

她还爱我们吗？

这个严肃的问题迅速在同学们心中达成共识，大家沉默地注视着沉浸在幸福之中的老师。不久，她发光的脸变得暗淡，没精打采，在讲台上讲着讲着就跑出去呕吐，回来仍坚持讲课。同学们不知所措地望着她，老师真的病了？懂事的争着给她打开水，食堂打饭，多想她的病早点好起来啊！可是老师的肚子一天天凸起，对襟棉衣窄包不拢她渐渐粗壮的腰身，正中裂着一条缝，寒风嗖嗖，肚子冷吗？

连绵的阴雨，同学们挤在教室角落“挤油糟”取暖。男女生挤成一团，谁先挤倒在地谁就输，结界一窝蜂地摔倒在地，小胳膊小腿叠在一起，乐得哈哈大笑。老师挺着大肚子把我们一个个从人堆里拉起来，厉声训斥：“上课钟响了，没听见吗？”又伸出手摸摸我们的头说：“嗯，出汗了，暖和了。”“笑什么笑，今天多写一篇小字。”一笑泯恩怨。

放学后的校园是我们的天堂。天堂校园，房前屋后、沙坑球场，无不留下猴子翻天印。巧在这天该我倒霉，正神机妙算往哪藏，一下撞翻老师端着的半碗白菜，吓得转身就跑，钻进半掩门的办公室，慌忙中又踢倒热水瓶，一地碎玻璃片和慢慢浸润开的热水化着我滂沱的泪水。远处白云悠悠，太阳快落山了，我磨蹭着不敢回家。妈妈斑竹蔑块炒肉丝的震骇像我决定瞒下去，人像霜打似的没精打采。

星期天下午，天降神兵般老师突然家访……我紧张得躲也不敢、跑也不敢，妈妈乖乖拿钱赔偿公物。望着老师挺着大肚子笨重离去，我暗暗发誓：再不给她添麻烦。妈妈的骂却没少挨，家里损失了好几天的菜钱，但庆幸躲过一劫。那是因为老师临走时对妈妈再三强调要讲道理，不能打。

老师再站上讲台，她已经当妈妈了。被奶水胀得饱满的乳房时不时流出奶水渗透衣裳，化成朵朵梅花，散发出淡淡奶香。

老师立即跑去给孩子喂乳。我们也涌去看那粉团似的小婴儿。

“老师，她长大了干什么？”“哦！”老师沉凝片刻，笑道：“还是当老师吧。你们这些小家伙，有时我是又气又爱。”众“猴儿”像得到鼓励般张牙舞爪：“啊，小刘老师呀，姐姐给你洗尿布，好嗅哇。”师生情谊，其乐融融，欢愉的笑声回荡在单身宿舍，穿越纸糊窗户飞向辽阔的远方。二十多年后这个襁褓中的婴儿真的成了一所名校的教师。

眼看亲爱的老师日渐消瘦，定量配给的猪肉还得排队购买。我自告奋勇帮老师排队，头天晚上拿笤箕排在肉店门口，压块砖。天黑了，我坐在砖上，抱着肩膀，望着黑沉沉的天空，街灯稀微，一老头偎依在退火的老虎灶边取暖。想象老师喝着鲜美的猪肝汤，红晕重新回到苍白的脸颊，我笑了，忍不住吞咽几包口水。在作文课上，我毫不犹豫地写下我的理想是当一名新式农民，到广阔天地播撒春天的种子，并激情赋诗，开宗明义：

“我有一个理想
长大要把农民当
高举闪闪的银镰
收割金色的食粮”

这篇对吃充满渴望的作文，老师奖励了一个大大的红五分。其实，我想的是多种粮；粮多猪多，猪多肉多。就这么简单。

柏　香

柏香来了！一个花农的女儿。与她飘香的名字相比，蓬松如草的黄发随手一束，尖削的脸和饱满的胸形成鲜明反差，倔强的前额常常敷着烟灰。好事的男生总往柏香身上撞，一个推一个扑倒叠成罗汉似的，把她压在最底下。或者，使个脚绊子，看她倒地嘤嘤地哭，然后幸灾乐祸地笑。女生嫌她衣服脏不来往，柏香离群索居。欺负插班生的事败露，刘老师决定治标先治本——家访。

三月的佛图关，到处是蓬勃青翠的花草树木，蜿蜒山道往上延伸。老师累得张着嘴出气，少年叫着热。林深处有犬声传来， 风里飘来的柴烟味很好闻。好多的花呀！认得的有芍药、玫瑰、月季，这么美的地方是柏香的家。

“柏香，柏香。”老师对着山腰上两间茅草房大声喊。

“啊，老师！”她一脸惊讶地跑出来，手一股劲地擦衣裳，身上脏得像花猫。见到我们几个同学，脸上的红漫到耳根，眼睛只看地上，偶尔斜瞟一眼，非常羞涩，脸抬也不是低也不是。正好我看见她发上别一枝茉莉花。走进家里，一个比一个小的弟弟围着灶台正看她煮饭。这是怎样一个家呀；一张桌子，两张床，装衣服用的是大纸箱。老师沉默不语，大伙都哑了一样。原来，她父母起早贪黑工作，照顾弟弟全落在她身上，怪不得她天天迟到、上课打瞌睡。老师对她说：“衣服旧，但要洗干净，人穷，脸也要洗干净，这是做人的尊严。”家访后，老师把全班同学狠狠批评一顿，要求必须团结柏香，不准欺穷。

柏香清爽了。带着一身的香气在教室里悠悠地飘，怀里总揣着娇嫩的茉莉、粉嘟嘟的月季、金灿灿的太阳花，水汪汪地从衣兜里拿出也不怕湿。她得意地拿到鼻尖上闻，下课女生围着她转，馋那花朵儿，依她性子岂非人尽所得，分到花儿的，自然乐得合不拢嘴，欢喜得把花挨到鼻子上连说：“好香！好香！”男生则一旁讪笑，不以为然。

阳光在枝条上跳动，燕儿飞来飞去。远处隐隐传来雷声，漫天飞舞“读书无用”的蝗虫啃噬着花蕊。依然顽愚贪恋踢毽、跳绳的黄毛丫头，在落日将尽的黄昏独羁空室，面壁思过。

为什么不完成作业？如子珍爱的学生敷衍老师。讲台上她痛心疾首：“同学们，基础课是学习的关键，你们是对自己不负责任，懂吗？”老师背着女儿挨家挨户家访，像一位奔走呼号的地下工作者，恳请家长，千万不要受外界影响，安心读书，书到用时方恨少，没知识拿什么建设祖国！语重心长。谁能体会！

游荡的自由百无聊赖，地上的黄叶被脚踢得片片翻飞。碰到柏香，她篮子里的花从早上卖到下午，风已经蚀尽了花的灵气，如晾着的枯草，无香可嗅。

再见，中士

中士，你是否还在大开河边防站，忠实守卫国门，履行军人天职。你不会记得，你每天至少检查上百辆车、上万行人。也许，你没忘记那野花，曾经有一束灿若云霞的英雄花送到你面前，请插在枪筒或上衣口袋里，你接受了。手伸得不够潇洒，欣喜的目光里分明倾泻出羞涩与激动。你比我弟弟年轻。我心里忍不住喊出一声："中士，你好！"

中士，你还记得吗？去年初冬，我们由三十六人组成的重庆知青回访团，受云南勐满橡胶农场邀请，参加建场二十周年大庆。车到大开河检查站检查时，你发现一车人竟无一张公安局签发的通行证；顿时恼怒，统统赶下车一一盘问。我们的领队和能言善辩的铁嘴围住你——唯一的大官，希望能说服你；理解加同情，然后放行。

收到邀请函，时间已很短，等公安局签发通行证最迟也要一星期。而大会开幕就在三天后，1 万多农垦职工灼热的眼睛期待着。十万火急！请多多通融。

中士，你如一盘四季豆，不进油盐。我们反而被你用原则、公民、责任一类的话教育一顿。五尺男儿个个面面相觑，无言以对，心里却很不服气，要求见站长。你剑眉横竖，说："我能处理。"马上挥旗让司机倒车。眼看归途就断，欲渡无舟，大家懊丧至极，只赖着不上车。突然，有人指着我和另外一位女同志眼睛大亮：“女士上前，事情好办。”几十双期盼的眼睛“唰”地指向我们。瞬间，血涌脑门，扬起一股士受命于危难之际的豪气，决心力挽狂澜。我俩议定，尽量委婉，避免直露，求取同情，并把记者证端正地戴在胸前，大方地上前与你攀谈起来。

鄂边线凛冽的酷寒及终年无收的秃山教会她如何懂得珍惜。回到城市特别发奋努力，现在是一名优秀教师。而今，每年都不间断地寄科技书给山区学校，她心里揣着那片土地。你为姐姐所感动，动了真情，言语柔和了许多。

我接过你的话，西双版纳是我们的第二故乡，它教会我们坚强与优秀，那里留有我们青春的足迹，如今这只翡翠般的玉鸟怎样呢？你笑了，说是诗。不！脚下的土地浸润过我们青春的豪情壮志，洪荒蛮林变成流淌琼浆的橡胶林，这是青春的代价！你懂这份渴求吗？中士！

你极目湛蓝天空下层峦叠嶂的群山，沉默半晌，才说：“好，你们去见站长。”顿时，我俩像鸡啄米样连连点头说：“谢谢！谢谢！”转身鸟样飞向那群束手无策的大男人。

感谢你中士，给了一个机会。

事情巧在恰逢农场一位科长路经，见到当年的知青娃，探明原委向中士出示了证件，与知青一起爬上山去见站长，用农场信件电函作了担保，站长请示上级。结果可想而知，如愿以偿。

中士，你微笑着挥旗让司机倒车。路旁碧树丛中燃烧着朵朵鲜丽的英雄花，我采一束敬献在你胸前，你不好意思，腼腆的潮红漫上双颊。

别怪我，是我的责任。你说。正是这责任，你佩戴英雄花。

告别边防哨卡，全车人疯狂挥手致意——为那原则和一个普通军人忠于职守的精神。你们是人民的勇士、祖国的国魂。

再见，中士！

捎个年味去远方

满儿，过年啦。年味的浓香又弥漫了你熟悉的老屋，柏树丫熏腊肉的“噼噼剥剥”的声响，震得婆婆老脸灿烂如花。电波输送的声音，连接天涯共此时的思念，不知能否传送年味的浓香。

电话里，你说不回家过年，鼻子一酸，我的眼潮湿了。虽然如今生活天天像过年，但过年的这天，人们总是还十分刻意地充实点缀它，奢侈一番，来区别它的与众不同。享受美味的同时，要把所有的亲人都召到一起，让熟悉的人更加亲近，围坐一堂，倾诉彼此对生活的满足，对新年的向往，这才叫过年。

你身在异乡为异客，匆匆地来去，有谁为你捧一杯热茶，有谁问一句暖心的话。18 岁你离家，两年后回渝待过一天，与眼巴巴等你爱你的亲人蜻蜓点水般碰了个头，又挥手离别。我们理解，那里有你刚起步的事业，有割舍不下的一摊事。去年家里吃年饭就留了双碗筷，团圆的餐桌上少了你一味阳刚十足的佐料，就少了火爆和高潮，年味都淡了。你妈虽少说些话少费些神，心却分成了两瓣。看着你长大的亲人，又怎能不担心牵挂。你年轻在外，独闯江湖，人情冷暖，怎一个“了”字了得？

小时，你就是一个爱行，无拘无束、爱思，无边无涯的天才少年。常把自己扮成执着的“探险人”，立志要用双手创造财富，好好孝敬父母。

走出校门，你就拼命地钻研电脑，先是边打工边学习，稍后就不安分了，要当老板，哪怕是芝麻大点。吓得我们乍惊乍喜；惊的是小毛头不知天高地厚，喜的是人小志气大，孺子可教。牙齿缝省下的钱家里拿给你去办公司，当时你说妈你等着，一定加倍偿还。亲人眼里都盈满了泪花。不安分的年轻人伙起又跑到南方。从此，我们的心就被一根丝线拴着，一会儿南一会儿北，跳来跳去，欲断不能。听说你生病住院，因缺乏蔬菜头发掉了一大片；又听说你商海打倒，几万块钱的货全是假的，血本难回。揪人的担心彻夜难眠，亲人们向你伸出温暖的手，家里拿出最后的积蓄，那一刻，你妈说，倾家了，你咬住嘴唇低下了头。

山城夏夜的晚风撩起你的衣角，却没有吹乱你头上硬性的短发。你手提简单的行囊，沉默无语，挥一挥手，又踏上南去的列车。轰鸣的长笛，声声催人。电波中，我们又听到你从张家界、石家庄、襄阳、洞庭湖走过的足音，看见了你那一腔沸腾的热血和一颗不甘认输的心。

满儿，吃年饭了，餐桌上有你的碗筷，它盛满亲人们浓浓的祝福和祈祷，还有深深地注视你的眼神。

思　念

他拴着裤带从里屋出来说："今天，劳驾夫人辛苦，要么馆子停业一天跟我去？《青春梦》组歌我唱出点感情了，不去憋得慌。"

感情？她撇一下嘴："十二年过去，什么梦不梦的，唱歌就忏悔？当时怎么不好好做人？"

烦死人，烦死人。

气得他七窍生烟冲了出去。不假，妻子戳到痛处。云南农场里他算得上数一数二的坏孩子。返城后娶了小十岁的她，漂亮又能干。他把过去的事根根底底、肠肠肚肚全倒给她听，她没嫌他。今年是到边疆农场二十周年纪念日，支边朋友搞了个自唱自娱的庆祝活动，自带饭票。许多人的妻室儿女都来看他们的排练，台上唱红米饭盐巴汤，深沉庄严，台下的人体会、感动、流泪。

每次他都暗暗决定，带她来听，可每次都——唉！太急躁了，他打一下自己的脑袋。

傍晚回来，他直接走进里屋，往常是哼着歌，哈出酒气，潇洒地招呼着店里的客人，满面笑容。

她急忙追进屋，以为早上气没消，就殷勤地剥个广柑递过去。

不吭声，眉毛倒立，双眼充血，气性正大。她心虚了，悄悄退出去。丈夫暴躁起来的十八般武艺她也领教过十之八九，更多劣迹是听一起支边的同学吹牛时听来的。

“小芳，你来。”

好温柔！温柔得她难以相信是丈夫的声音。

原来有朋友从西双版纳来，告诉他连长生病了，病榻前常常念着知青的名字，张三李四的，特别是一提他的名字就淌眼泪。老连长是位喜欢谈天说地的人，知青回城后他语言少了，唯一陪伴他的就是一杆大烟筒和一处固定的瞭望点——门口。每天他就蹲在家门口抽烟，面对山峦起伏的橡胶林，仿佛烟会飞入他的灵魂与之交谈倾吐，一蹲就是六年，背都佝偻了。他常常对家人说，大山的背后就是川耗子（称重庆知青为川耗子）的家，想他们呀！想知青娃娃，想再见他们一面，说声对不起……

他泣不成声，抓住妻子的手使劲摇：“我对不起连长，对不起。有一件事在我心里埋藏了十五年，讲出来怕你不再爱我。”

“你门缝看人。”

连长姓石，恨他的叫他死老头子，喜欢他的叫他老头子。连长是个老兵油子，在钻深山打游击中，度过了他的少年和青年时代。人生经历丰富又复杂，讲的故事精彩又曲折，像磁铁一样吸引着知青成天围着他转。他又是个翻脸不认人、讲原则的家伙，谁表现得差劲，如出工不出力的，小偷小摸的，谁就倒霉。

他是最倒霉的，他“两毒”俱全，被送往营部强行劳动不说，还不能享有公民自由。年轻气盛的他，暗生了报复之心。

一晚，趁大家都去营部看电影，他溜回连队撬开老头子的家门，挑一担大粪，泼向厨房锅碗瓢盆，地下灶上，臭气熏天，恶作剧做绝了。

回家的老连长见状，暴跳如雷，查了很久，终是悬案未破，无果而终。

“啊……你好坏好坏！”妻子愕然，惊讶万状。

“我是坏是坏，对不起连长的是我，请求原谅的也该是我。小芳，不向连长承认，我死不瞑目，路太远，怎么办？”

“远？难道不可以写信？说思念、反省，白天黑夜都未停止过，梦境中依然是勐满那街那山那人。美丽好客的山城张开双臂欢迎他们。待明年春天，飞机草扬花，我们就回勐满农场看他，切望老头子连长珍重珍重！！！”

妻子替他在结尾打了三个惊叹号。

情　话

隔着一堵墙，床上睡的是她，睡沙发的是他。分庭抗礼的局面，单位、亲戚、朋友该劝的话都说尽，该想的法子都想完，他们硬说自己是走错位的两条犟牛，谁也不服谁，非顶角不可，不离不行。

最后一夜分床而居的夫妻生活。夜好长啊，又很短。

法院明天就判了。

她脑子里乱糟糟的，一夜难眠。原想早睡早好，养精蓄锐，明天最后冲刺一把——揭他老底，让他面子扫个精光。

她一翻身又看见窗外那颗星。回城十二年，后半夜常醒，醒来就看见天空上那颗星。看多了就熟悉了，生出好感，看不见反而想它。今晚的星又是特别的明，清光柔和，原本仇恨得肝肠寸断的心，也舒展开来。

十二年前，他很有人情味，农场生活艰苦，他住进了她的茅屋。干得累死累活的一天，他还扛捆柴火，她就找野菜，两个人搭搭伙伙亲亲密密维持原始的生存状态。虽清苦，但两个人很安逸，不像现在这样干燥，一点就燃，吵架不分早中晚。

特别近几年，他变了，读了点书又写了两篇文章，家事也懒得过问了。知识多了怎么样？人家不理你，心比天高命比纸薄，她讥笑他，他就用拳头回敬她。虽然她疼，但他更心痛，刺中他的疮疤疤。他也常嘲讽打击她是不学无术的半文盲，失去八年还不珍惜剩下的日子。珍惜？工作家务孩子轮番上阵，谁来做？苦日子尝过了，总得轻松点吧！何必那样累？他就说她跟子君一样，筹钱吃饭，吃了再筹钱，忘了人生的要义。

子君是谁她不知道。他很爱提这个女人的名字。多喝两瓶墨水，就自以为是；找有共同感觉的女人，就瞧不起糟糠之妻。没门！你有艳遇，我非跟你闹个臭名远扬，谁跟你谁倒霉。她手里还藏着一件法宝，明天法庭上一亮，让你钻地缝都无门。

审判长说："各自还有什么话要说？"

"我说。"她抢着回答，"这里有一封信，想念给他听最后一次。"她用平静的语调说道。

"我亲爱的小梅，我要做你的保护神。在这个鬼都不下蛋的蛮荒老林，你弱小又坚强，我滋生了爱你保护你的决心，请你接受我的爱。一双肩总比不上两双肩坚强，让我携着你的手，一道行走幽长潮湿的人生之谷。我永远是你的奴隶，为你分忧解难。这是我第一次也是最后一次说情话。吻你的小脚丫指！

爱你的人：陈强国。1975 年 6 月 6 日。"

读完，她已成泪人。他也哭了。

休庭！审判长宣布。

静悄悄的马路

站在马路边，每次我都被往来穿梭的车迷离得不敢越雷池一步，等着聚集一群人，跟着一哄而过。

人，多愿取捷径，我不。我偏绕一圈才到厂里的弯弯的马路。

依街而筑的巢，整日里轮震车鸣、叫卖吆喝声不绝于耳。早起，有匆匆奔向劳作敷于生计的人们；傍晚，有急于栖息港湾的人们。这条仅够两辆车擦身而过的马路，终日里直挺着坦荡的胸膛，传送着来去匆匆的路人。

长长的弯弯的马路，何曾不似人生漫漫长路。

尤其是夜幕下的这静悄悄的马路。

你睡着了吗？好香甜！如一个耽于混沌中的婴儿，没出一丝儿声息，又像情窦初开的少年，梦幻中向星星捧出无瑕的爱，你更像一个成熟的历经沧桑的中年人，整日里奔波拼搏，焦渴流血，还舒展宽坦的胸膛，任千军万马浩荡穿行，始终奉献裸露的肌体。

只有夜深沉，万物作息，你才伸直困顿至极、疲惫至极的躯体，露一痕雪脯，星星为你抚慰，黑夜为你沐浴。你作沉思默想状，像一位高深的哲人。不过，你更像一位稍做休整、调整好肌体、积攒勇气和力量准备迎接明天挑战的勇士！

啊！夜幕下的马路，静悄悄的马路。

第五编

青春旗帜

非洲的戈壁滩上，有一种叫依米的小花。花呈四瓣，每瓣自成一色。它要花费五年时间完成根茎生长，一点点积蓄养分，第六年春，才在地面上绽绿吐翠，开出一朵小小的四色鲜花。而花期只有两天，便随母株香消玉殒。它是大自然万千成员中极为弱小的一员，可是它却以独特的生命方式昭告世人：生命一次，美丽一次。

我，第一个

1971年，3月6日。

上午，重庆市化龙桥中南橡胶厂礼堂。

我，骄傲而自豪地站在讲台上，朗读决心书："我坚决响应毛主席号召，到边疆去，建设边疆，保卫边疆，修一条伟大的绿色长城……"

没有眼泪，没有悲伤，好儿女志在四方。我倾其所有的豪言壮语，赤胆衷肠，嫁接在南疆的土地上。

1971年初春。

中学生面临着两个去向：支边、支农。学生们反复权衡，掂量前途的能见度与透明度。重庆二中风雨球场的石阶上，来了位云南生产建设兵团的女干事，她口若悬河，言辞优美，大赞边陲秀丽风光，物产丰富，前途远大，随后，甩出王牌——穿军装，发人民币。

有什么能比它更诱人呢？

当即，报名的同学踊跃如潮，唯恐落后，有义无反顾写下决心书的；最后揭晓：班上十名女生六名男生名列榜首，光荣入伍。

一时间，同学们破涕为笑，破笑为涕，奔走话别。

我告诉父母要去边疆，他们反对！求姐妹帮忙乞情，也无法打通父母的思想。实在想不通，那是我童年的梦啊——12 岁时，我读了一本名叫《军队的女儿》的书，书中的故事人物让我着了迷。受书中主人翁刘海鹰事迹的感染，突发奇想，我与邻居李姐姐写了一封决心书一样的信，寄到新疆建设兵团，请求收下我们当一名兵团战士，结果是泥牛入海。今天，梦想成真。母亲竟断然不同意我赴边，并藏起了户口本。我一点办法也没有！就与她斗争，发脾气、绝食、不理不睬，极尽刁蛮之能事。特别是看母亲流眼泪，我还感到好笑。她哆哆嗦嗦地说："你一去几千里，听不见，看不着，前途……"她呜咽着。

"到边疆是最好的前途。你是落后分子！"我愤愤然地说，后又加句软语："妈，我还可以挣钱呢，寄给你，孝敬你老人家。"我狡猾地提醒母亲，向钱看。然而她依旧顽固。招收工作发展神速，学校仅剩几名报名同学的户口未下，我便是其中之一，急得我像热锅上的蚂蚁。父母一出门，便翻箱倒柜找户口本，上至帐顶，下及炉灰鸡窝，一连数天。一日，母亲刚出门，我又开始翻天覆地大搜查。妹妹叫我吃饭，"姐姐，你吃饭。"她可怜兮兮地说。顿时，我气不打一处来，将碗"叭"的一声摔在地下："快说，妈把户口本藏在哪里？"

"我不晓得。"

"哼！"气急的我连摔七碗稀饭，也许，妹妹慑服于我的壮举，怯怯说了句："我好像看见妈妈往那儿爬了一下。"眼睛往墙上一盯。我明白了，从墙缝中掏出了户口本。当把注销了自己名字的户口本还给母亲时，我轻松得像完成了一件神圣的使命。

我坚定地认准，走的是一条光荣革命的路。谁想到，若干年后，为了这张纸能重新回到户籍本上，我的亲人们历经了怎样的艰辛波折！

父母见看事已成定局，便抹泪为我打点行装。

那年，我十六岁零二个月。

捏着父亲单位补助的10元钱，母亲带我到皮鞋专柜，买了有生以来的第一双皮鞋。她说我眼睛近视，总穿胶鞋不好。父亲拎回五斤重的一只大公鸡，为女儿壮行。

我沉浸在美梦的编织中。

离别的时刻到了。

我们整装待发，从学校步行到华村口集合上车。临行前，工宣队师傅交给我一个任务：走在前面领队，呼口号。我欣然而应，十分自豪地做了第一个。我呼着口号唱着歌，向生我养我的嘉陵江、化龙桥做最后一别。

街上人头攒动，热闹非凡，亲朋好友簇拥着即将离去的亲人，依依惜别。人多，车少。老师、工宣队在车门验身。车开了，我唯一的小弟冒出来："姐姐。"他挤到我身边，鼻梁肿得和鼻尖一样高，铁青。他说是翻车时碰的。我心痛得要命，说不出一句话。而今，弟弟香臭难辨，我认为是自己当年的罪过，也是构成我现今最疼爱他和他小儿子的隐衷吧。

3月6日是重庆知识青年首批奔赴云南建设兵团的日子。场面格外隆重壮观。市、区级领导十里相送，乐队开路，彩旗飘飘，十几辆客车，披红挂彩，鲜艳而生动。车沿着上半城下半城绕了一周。全城市民倾巢而出，沿街站满围观的人群，指指点点，争相观看，热热烈烈挥手向我们作别。车内传出"下定决心，不怕牺牲……去争取胜利"的语录歌。

车至菜元坝火车站，我们列8人方队。一位老师叫我出列，嘱咐："你走在队伍最前面，拿出点精神，做个榜样，声音要大，要亮。记住!”“是!”我庄重地点头，拍拍铺盖卷，看牢不牢，碗盆掉不掉，看了眼胸前的毛主席像章，挺胸昂头，自信得意的脸上，神采飞扬。雄赳赳，气昂昂，吹响长哨：“一，一二一，时刻准备着，保卫祖国，建设边疆，一、二……”数百童音，吼声雷动，气壮山河。列队整齐威风地走进火车站台，等候已久的亲人们蜂拥而上，团团围住自己的孩子。

母亲早已哭成个泪人，连父亲这个硬汉子也落了泪。弟妹眼巴巴拉着我：“姐姐，姐姐。”我不敢看，望着别处。远处一位女同学的父亲，把她抱了又抱，吻了又吻。我收回目光，心里嘀咕一句：“小资产阶级情调。”

一声尖锐的汽笛划破沸扬的空气，震住悲极的人群。顷刻，又响起更大的哭喊声。我说声：“妈妈，爸爸，保重，女儿走了……”扭头上了车，泪洒在踏板上。

缓缓起动的列车，带着我张开想象的翅膀，奔向梦中的南疆，编织了一个又一个的青春梦……

边疆生活协奏曲

辣子鸡

一对鸡崽两块钱，老工人卖得很便宜。假如三月光景也就眨眼工夫，小鸡就有两斤重，可以吃肉或是生蛋孵小鸡。

很长时间没肉吃，心素得慌。妈妈曾说，小孩有啥心？何况还难受。不！确实难受，清口水一股股地涌出口腔，我头搭在床沿，任其长流，好一阵止住，泪却止不住。

小鸡饲在床脚又脏又臭，还有“吱吱吱”的叫声，让人辗转难眠。早起哄它们出去觅食后就清扫床下的粪便，吃饭时先扒一堆地上，高扬吃饭歌“咕咕咕”。每天上山砍坝挖地挺累，白饭咽得更难，眼看渐渐长大的小鸡，脸上自然浮起笑意。

一月余，小鸡绒毛将褪尽，翅膀显现光秃秃的肉，足有男生拳头大。不久，不幸发生了，小鸡跌进开水桶，我拎着早逝的小鸡，翻来覆去地掂着，舍不得抛弃。营教导员老墨，广东人，想吃荤，叫仓库员打耗子来给他炒着吃。宣传队有女生尝过，味道鲜极了。这还是只鸡呢，足足半斤沉……我和室友商量炒辣子鸡。

炒小米辣我心贪，足足四五两油辣辣地炒一碗，与女友吃得花儿开。小米辣真的辣，一会儿，我俩被辣得“唏唏”声不断，可吃兴正浓，不怕哟。头脸渗出汗，越辣越吃，越吃越辣，越吃越快，辣出的“唏唏”声更大，间歇更短，很快一斤饭吃完了，又打回半斤。舌头不停地绞动，疼痛又麻木。此刻，只有一个愿望，把鸡痛痛快快地吃下吃尽吃完。待丢下碗筷，相视而笑，眼睛却潮湿了，被辣得无处躲藏的舌头、口腔没有了食物遮挡，尖锐无比的辣感一下刺激我的各路神经，痛、麻、难受，只好喝凉水，一口一口地凉水包在嘴里，借凉气压下辣味。吐尽，又喝，舌头都不是自己的了，鼻涕、眼泪一起来，好想大哭，用手去抓舌头，想拿刀把它砍下来。苦痛折磨了近四十分钟，辣，才稍稍客气点。而后几天，舌头失去味觉。

如今，一见桌上的辣子鸡，舌头就涌起尖锐深刻的辣感。

蛇　妖

一日。

收工洗净妆毕。忽听外面人声嘈杂，间有：“蛇！蛇”的惊呼。与寝室女友奔去：“哎呀！”一声卡在喉咙，被惊骇吞回去。

一条海碗口粗的蛇捆在树干上，被两名男生抬起从门口经过。

蟒！不是蛇。

五连的人，过年似的喜庆热闹，垒灶架柴清炖蛇肉，打了顿牙祭。

五连与营部同居在一块小山推出的平地上，左边一条纤细的南远河，右边一条碧绿的南腊河，两河相汇在营部正前方，轻流细卷经三座原始大山流进湄公河。那河两岸浓林幽深，神秘恐怖，问津者极少。

是夜，油灯下，室友与我好一阵议论：“这样大的蛇，怎么敢打？重庆都是些小男生，会不会生出报复……”“遍山爬满小蛇，无脚无手的，永远睁着不眨的冷眼。”“听说还……做枕头，骇死人呀！”

“妈呀！”上海人佳妹，尖叫一声钻进被窝里。

熄灯。五连隐隐有歌声传来，伴着锅盆碗盏声。

梦里被一阵阵“呼呼”声扰醒，尖起耳朵一听，屋外面狂风大作，林涛呼啸，如天兵天将降临一般。

好狂的风呀！

拽紧被头睁大惊恐的眼，黑屋里一阵搜寻，一声清晰的撕裂声“哗”吓了我一跳，是风钻破了塑料薄膜窗冲进来了，乱舞一通。蚊帐鬼影般摇动，我不敢吱声，头更深地埋进被子，堵住了鼻子、眼睛、耳朵。风，疯狂地狠狠打着房檐、瓦楞、竹门，发出重重的声响。忽听“咣当”一声，门倒了。恰好对着我的床！倒霉！失去阻碍的风、得意的风、癫狂的风呀！排山倒海之势般涌来，肆虐我蝉翼般的蚊帐，我龟缩在风雨飘摇的城堡中，瑟瑟发抖到天亮。

第二天，纷纷传言，两河汇集处，栖身雄雌二蟒，打死的是雄蟒，雌蟒要为夫雪恨，昨夜，蛇妖作祟。

后来，听说吃了肉的女生，只要下班进屋上床睡觉，都床上床下被子枕头仔细搜查一番，方才心安。

我们，暗自庆幸。

抗　寒

冬至。阳历 12 月 23 日。

连长说寒潮要来，这鬼东西得对付，否则，橡胶苗全都会冻坏。下一步芽接移植全白扯。只有烧火给苗儿烤，火力加浓烟驱寒气，霜降不到苗身，这样苗儿就不觉贴身的凉。

连长手一挥。

依连长样拾干柴枝架成堆，细纤纤的老枯叶填进垛芯。

半夜，天黑的伸手不见五指。老工人温姐来叫我到苗圃值夜。我把傣族头巾裹头上，剩两只眼，她顶件衣服模样同样奇怪，彼此对视，都神秘地笑了。穿过哈尼族寨子时我们脚步很轻，但敏锐的狗鼻还是嗅出了人味。瞬间，狗叫犬吠，危机四伏，逃也迟了，狗全涌上路，团团将我俩围住。绿眼睛，闪冷光："汪，汪汪。"我俩背靠背边驱边吼："打死打死！"好不容易闯过险区。

走到苗圃时浓雾已起，五米内不见人影，浓雾打湿了睫毛发根。苗儿冷了快点火，划根火柴没近垛蕊就熄了，又划，也熄，三根，四根……急得我高喊温姐。毕竟是老工人一下就点燃了两堆，浓烟升腾。她说不急，怜不得手，把它伸进柴垛里去点。行是行，手刺破了。成功的喜悦，煽动起我的热情，又跪地上，撅起屁股，大虾般样子，嘟个嘴去吹。垛芯中的引柴都未湿，好燃。三堆、五堆……跳跃的火焰、欢快的火焰，把黑暗驱逐得远远的，浓烟弥漫苗圃，雾融了化成水，滴进我张着哈气的嘴里。一尺来长的小苗嫩气，是我们肩挑背磨养出来的，心爱呀。不能歇，烧着的柴堆，要勤扒或垒垒，这样烧的时间才能长一些。一亩多宽的地只见两女巫，东蹦西跳，跪拜磕头，煞是有趣。

“哎呀！眼睛，老温我眼睛瞎了，飞个渣渣好痛。”“别动！”我来我来，眼睛往上翻，干净手绢拿来。忘了，唉！算了。用我的老衣袖擦擦。“轻点，求求你！”瞎天黑地，哪里看得见渣子。真是“瞎子点灯”——白费劲儿。小王干脆你哭，泪水冲一冲就好了，然后说哭就哭。心里其实早想哭了。

哭吧，舒畅些。

引出了思念。

——妈，你知道女儿在干什么吗？在深山、在野地、在没有月亮、没有星星的天宇下，在湿兮兮的地上，想你念你，妈妈。这夜有多黑呀，这夜有多恐怖，荒芜的山野，只有我们两个女人，担心野兽出来，惧怕敌特谋害，然后不明不白归了黄泉，就再也见不到你，妈妈。

——过几天，就是我生日。在家时妈妈每次都做长寿面，一曰长了；二曰拴住儿女。可你，究竟没拴住我呀。今年，是在兵团过的第五个生日，每次，都冷冷清清凄凄惨惨。或许今年要强些，栏里猪长大了，要杀两头过元旦，生日，因可能有肉吃而变得灿烂又有盼头。

四周，仍是那无尽的黑，残剩的火堆失去了先前的红火。老温问眼睛好了没有，并叫我吃她煮好的红糖稀饭。

含在嘴里，硬是咽不下这口软甜的稀饭。

思绪仍在那无边的黑夜里穿越，飞翔。

归

归。发出一字电文。

而后，就神经兮兮地抢购50斤整袋白糖，寨子烟熏火烤的竹笋干，重金购买铜钱般的黑木耳，还有从老林采集的指头一点便血红的灵芝，宝贝一样带回家。

急急切切中仍忘不了为战友捎上一包对山城父母的孝敬。收拾好行装共两大提包。同行的小张是同学也是同寝室，我俩是首批回渝探亲的女生。因为春节的慰问演出，我俩失去了坐集装车的机会。幸好，载粮空车能带上我们。

昆明下车后，再经过漫长的购票才坐上去重庆的火车。这时紧张的心才慢慢平静下来。小张去找水喝，很快就回来了，两手空空。一列火车的开水房都上了锁，气得她直骂脏话。

递了个木梨给她，就是那种咬一口翻铁锈，满嘴起渣的木梨（云南特产）。一会儿卖饭啦，饥渴的人群一哄而上。我们却没有份。

列车在极不满意的超负荷的躁动中，终于把我们拉到了贵阳。然后又是下车、中转，才能抵达重庆。

又是排队、签票、等待。大厅里的钟呀，走得太慢了。这前前后后的人拥挤不堪，大包小包的怎么办呀！哦，有办法。手绢连接两个提包，搭在肩上一前一后。

检票啦，人群骚动起来。检票员喊："不要挤，一个个来，一个个来。"她的声音像落进大漠的雨点极快地淹没。我俩奋力往前挤，人流把我们推得东一下西一下。什么叫渺小，此刻，刻骨铭心。不自觉地扯住一个男子的背包带。"你搞啥子名堂！"一双牛眼睛瞪得溜圆。可能看到我的狼狈，或许是狼狈眼中的哀求，他扭过头去没吭声。我就一直抓着这根救命草，死活不松。人们就这样推来搡去。

小张呢！她在大声喊，挤死人呀！拼命挣扎着。我帮不了她，也救不了她，朝她吼："像我一样，像我一样！"眼睛一斜，嘴一歪。她懂了，很快也拉着个女人的背包带。我们就像落海的溺水人，抱着残板任其漂荡。过检票口了，那种挤压，真要挤出人的心肝肠肚。一股巨大的推动力从四周箍来，活活把我悬空抬过了门。而后，人们作鸟兽散状去抢座位。我俩瘫在地上。不行，这是步向胜利的最后一步，上车就大获全胜了。我们又拎起重包往前走，跑几步又软了下来，站台好长！一咬牙又提起包走了几步，妈妈呀！我俩忍不住哭了。逃命一样的人群只管往前冲，有座的滋味自然比无座的滋味好得多。我们哪里敢奢想呢！只求能上车。小张脸上也沾有泪痕。她是"小坚强"。

终于靠近了车厢边，到处是翻窗越门的勇士，哪儿去找缝？人人都顾不了他人，人人都想雷锋的手。

终于，一双粗健的手，从窗口拉进了我们的包，拉进了我俩的身。我俩连说："谢谢！谢谢！麻烦了。"

"兵团的？""兵团的。"

"你是？""也是。"

"挤着坐挤着坐，支边一家人。"

"西双版纳很远很苦，我是红河那边的。"

"头次探亲，为什么不和男生走？"

"男生……走哪。"

"还好，就到家了，家就到了。"

重庆站到了。我探出身子，一眼就望见人群中妈妈微胖的身影。

妈妈，女儿回来了，我回来了！声音好响好亮，传到天空，传到大海。妈妈好似听见了急步跑过来，扬着手。我的泪呀，思乡的泪，夺眶而出，撒在站台上，撒在这块生我养我、送我迎我的土地上。

黑眼睛

阳光最丰盈的五月，来到三连。

连队毗邻一座少数民族寨子，寨子里家家户户都养着狗。公路穿行其间，上下班须穿过龙潭虎穴般的狗群，对我等生人，狗最是穷追不舍。这黑漆漆的寨子，黑漆漆的人，令人心生恐惧，如遭万劫不复般。一日四次的惊吓，让我的白细胞、红细胞交替死去。

我住院了。

生完病，就去了橡胶苗圃。那群狗，那群赤裸孩儿的追随尖叫声，仍然让我脆弱的灵魂无处躲藏。手中纵使拿着兵器——常常是一肩挑着桶，一手拿着砍刀，逃似的奔到了苗圃扔下水桶，扑向水边，不住地捧着清水浇脸，心里喃喃地说："美丽清澈的水呀，你可作证：我对修地球事业已心悦诚服，为何狗还来惊骇我！"

我用心祈祷，卖力劳动，胶苗奋力顶破天庭盖，破土而出，两片娇羞的嫩叶在徐徐清风中摇曳。我大笑跳起来："发芽了！"一串快乐的音符越过静谧碧绿的水面飞向蔚蓝的天空，抬望蓝天，一串更高昂的颤音抛了去。

天色有些暗淡，拖着一根两米长的柴火下班。公路上发出"吱吱"的声响，陶醉的余香微醺着汗臭的身体，一种从未有过的惬意润遍全身。

“哗”一声，路边飞机草丛中跳出七八个泥鳅样的孩子。他们围着我叽叽呱呱，手这样那样的比画，像一群快乐的麻雀。看我又惊又怕的样子，他们更是放肆地大笑。“你们说什么？”

一个男孩手指着我嘴巴“呵……呵……”地唱。“哦，唱歌？你们唱呀！”他们真的唱起了儿歌：“咚巴嚓呢，咚巴嚓——呜——呜……”

太可爱了，混在天真无邪的小天使中我懒洋洋地乱哼哼，仿佛回到童年的黄昏，小巷回荡着妈妈悠长的声音：“三娃子吃饭了……”而一群野丫头，正在翻捡农民伯伯拖回来的玉米秆里的苞谷须辫辫子。

林子里不时传来翅膀的扑腾声，天快黑了，启明星在遥远的天际闪烁，我低头看着身边的孩子，伸出的手停在半空，想摸一摸那个几根毛的头，真的还有点怕。这时，孩子抬起头对着我笑——那笑意荡漾的眼，天哪！这是眼睛吗？这么亮，这么纯，环顾四周，七八双闪闪的眼睛在黑暗中注视着我，纯净无比，像镶嵌在天幕上闪耀的星星；像清晨绿叶上滚动的晶莹的露珠；最是那眼目中的一点黑，像一口清澈无底的深潭，令人怦然心动。

上苍呵！你创造了十万大山的苍茫，也造就了水一样质朴纯洁的民族——黑眼睛。

路过寨子，狗儿们悄然无声地从四面八方奔来，在孩子们的脚下蹦来蹭去，嘴里发出亲切的低鸣。第一次平安的路过寨子，是一群黑眼睛孩子保护了我。

接下来的日子，一过寨子就有孩子跑出来把狗喝住，然后跟在我左右，叽叽喳喳的声音震得我耳膜嗡嗡直响。我不知道他们在说什么，从那亮晶晶的黑眼睛我读出友善。我用双手捂住耳朵，边跳边唱，“咚巴嚓，咚巴嚓……呜……呜……”孩子们张嘴附和着，清脆的童音回荡在群山。

版纳的天，小孩的脸，说变就变，那原本瓦蓝瓦蓝的天忽然飘来一朵乌云，藏着的雨瞬间倾盆而至。半刻钟，雨后的彩虹又悬挂在天上，又是晴空万里。公路横爬着硕大的蚯蚓，蛇样盘曲，我就躲前躲后地回避着这些丑陋的家伙。一根树枝斜伸出挑起那东西，在我眼前一晃，吓得我连声尖叫，缩头抱肩地往后退。孩子们被自己胜利的恶作剧开心得笑成一窝蜂，我气得一扭身子跑到前面谁也不理。这时，那根树枝又讨好地伸到前面把一条条的蚯蚓挑起抛到很远。

一天，指导员对我说，寨子的人想请我去教他们跳舞。走到院坝一看，一名黑黑的青年笑盈盈地望着我，他是寨子里的会计桑则。跟着他爬上寨顶的小山坡，一间新盖的茅屋散发出稻草香，崭新的黑板挂在篱笆墙上，几张新竹桌。十几双如漆的眼睛，生气勃勃地望着我。

此后傍晚，收了工吃过饭，我就去寨子教孩子们唱歌跳舞。黑眼睛们总是很早来连队候着，有时拿着洗去泥的花生，我毫不客气大嚼其香，白沫如星满嘴。看他们唱歌的样子使出吃奶的力气吼哇的唱歌的样子，而且还总吼不累，总也忍俊不禁，开怀大笑。

落日的晚霞把茅屋映得金灿灿的，映照着孩子们如金童玉女般。稚嫩清脆的歌声回旋在寂静的山寨，母亲奶着婴儿露出健硕的乳房，依偎在门边痴痴地笑望着小山顶。我高高地站立起指挥着，晚风吹拂起我的白衣白裙，思乡的愁绪淡淡远去。

演出那天，孩子身着盛装，银饰佩片叮当作响。涂红的唇对着镜子久久不闭，咿咿呀呀……发出含糊不清的音，是怕口红被吃尽了，才隙着嘴费劲地说话。我使劲说“不会的，说呀，吃不掉。”可是没人理睬我，全像害了牙痛病。赶到演出现场，我的心都凉了，如果上场他们还舍不得唇上口红，不发声怎么办。我一狠心，咬牙切齿，虎视小鸟们说：“唱。再不唱就（“咔嚓”一个抹脖子的动作）不交朋友了。”他们似懂非懂，原本兴奋的眼里掠过几丝惊恐，呆呆望着我点头，说：“唱唱。”

那天跳的是《阿佤人民唱新歌》，舞蹈的队形比练习时更圆了，唱的声音更响更整齐。从心里吼出的音有些野，但很质朴，像土地一样令人亲切感动。这生命的歌声感染很多人，最后他们获得一等奖。在这个人数不多的小山寨是百年不遇的喜事。以致后来我回家探亲，桑则听说我需要糖，顶着月色赶到供销社开后门买了一袋送到连队，拉着我的手说：“世世代代友好下去。”

日子水一样过去，寨子里的狗也不撵我了。闻闻，身上也有一股的烟草味道。

白发高参谋

青青的绿叶常让我想到一个人。

在云南边疆勐捧农场（当时叫建设兵团），他是生产参谋，叫高正扬，云南人。个子粗壮，面黑油亮，开口音色甜润且神采飞扬。

高参谋是传授我们橡胶树芽接技术第一课的老师。他的芽接技术很绝。切片是芽接第一关，体现力度韧性和精密；剥片需嘴与十指相交搭配完成，整套动作集中体现三个字：轻、柔、细；捆绑是芽接最后一道工序。你看高参谋灵巧的手指，掰着芽片插进原木，双指一勾，绑带旋风般拴住了开刀部位，干净利落。我们十几双眼睛屏息敛气，大气不敢出，生怕吹掉嫩生生的芽心儿。呆呆看完这近乎艺术表演的芽接技术表演，大伙有说不出的惊叹敬慕，心中荡起一股："欲与天公试比高的豪情。"豆灯熄灭，扯跟裤带蹲帐竿根部摸黑动作起来。黑暗中只听女生寝室里到处是窸窸窣窣的声响。清晨相遇，彼此神秘一笑，但都不言语。有小卖部的阿姨问："怎么你们女生都来买裤腰带？"丢下的却是一串银铃般的笑声……

到邻场采芽条，坐上当时最时髦的红头拖拉机。土路曲折，灰尘狂舞，女伴们罩上衣物蜷成一团挤在车厢里，显得怪模怪样。高参谋趁机笑虐："好一群傻大姐儿嘛！"我们都笑了。青春欢乐的笑声震落多少绿叶，不信，你去听，那泥路上至今余音回绕。

采芽条归来，食堂饭冷菜绝，等不及高参谋招呼，我们浩浩荡荡开进他的小竹屋。高参谋的妻子廖老师，一位醇厚温柔的“老四川”，不声不响地掏遍咸菜罐，把一群饿极的“猴儿”安顿下来，再端一盆珍稀的青菜汤，随着“呵呵哇哇”的惊喜，伴着盆匙唏嘘声，顷刻间一扫而空。兰花般温馨的微笑留在他们夫妻的脸上。

年复一年，那一座座荒山换上了遮天蔽日的绿装！高参谋却老了，唯有案头数十本红灿灿的省级、部级荣誉证书以及高级农艺师的称号，才最真实地记录着他为橡胶事业贡献 35 年的成就。

高参谋老了，银发灿灿泼雪般洒在他仍生机勃勃的脸上。高参谋说，死了他就埋在山上与橡胶林做个伴。

高参谋土语香甜，蓝衣布鞋，质朴坚实，携妻驮子，如鱼得水，蛰伏于那块红土地，耕耘着绿色人生……

一担沉甸甸的岁月

哀牢山脉在云南省的版图上地位始终显赫，9 座海拔二三千米的大山，数峰山峦簇拥着它伟岸的筋骨，绵延起十万大山的威严。哀牢山往云岭南蜿蜒千里几近西双版纳勐腊县。70 年代初，随着滚滚洪流的感召，重庆首批支援云南边疆建设的青年学生，在 1971 年 3 月 6 日离开家乡来到云南勐腊县哀牢山脉尾系，曼岗山下安营扎寨，开荒种植橡胶。

我在八营，八营坐落在曼岗山下。

与连队比邻而居的是哈尼族寨子，这是从曼岗山迁徙而来的一个分支，云山深处是族人的老家。眼望曼岗山，云雾缭绕，神秘诱人，漫无边际的猜想常常充满 16 岁的魔幻脑海。遗憾，这样的想象并未花开几朵，就极快凋零。

周六的营直大会，管理员宣布派罗班长和道明兄，两位重庆知青到老曼岗寨子去买猪，由湖南人“金包”司务长带队。一天三顿清汤寡水的肠胃，终于有了油汪汪的盼头。大伙交头接耳的议论明显地弥漫着热气腾腾的雾状滞留在头顶的夜空。那一晚的梦境都飘起了重庆仔儿的猜拳行令声和歌声。

天刚麻麻亮，背负着 100 多号人热切的渴求，三人静悄悄地出发了。

距曼岗山哈尼族老寨子步行有 8 小时的路程。

一条如练小路蜿蜒山中，且爬且行的路途都是向上。哀牢山横跨热带和亚热带，因而形成动物南北迁徙的“走廊”；温度宜人，阳光充沛，也形成了生物物种的“基因库”。孟加拉虎、绿孔雀、相思鸟儿、黑长臂猿等，都可能成为眼前的招摇过客。藏匿路边的灌木丛和常绿阔叶林中的野鸡呀、小鸟呀，不时地在眼前飞来飞去。

空悠悠的担子有点浪漫，挑着蓝天白云，踩着万顷碧波，偶尔升腾的歌声打碎深山的沉寂，渴了，捧一口山泉。不一会儿，太阳当顶，道明兄吼道：“司务长，肚子唱空城计了。”

出发前吃了昨晚打回的冷饭，一口气爬了 4 小时的山，早已是饥肠辘辘。司务长是个特心细的人，只见他从背包中拿出一大坨芭蕉叶包着的东西，摊开在报纸上。

“糯米饭？司务长，你太伟大了。”

像饿绿眼的狼，伸出手抓起饭团就往嘴里塞。这不是鸿毛，是实实在在的糯米饭，能填肚子，能长力气。吃完饭，恢复了精气神，又继续赶路。下午两点多钟才走到曼岗山的老寨子，累得人仰马翻，双双倒在地上喘粗气。司务长忙着找寨子里的队长买猪，看猪的成色、看长相，然后讨价还价。

哈尼族老寨子在海拔 1000 多米的曼岗山，藏于深山腹地，一切皆保持原始的生存状态。坡上坡下的柴门露出槟榔染红的唇儿，血色的微笑，笑得你一身鸡皮疙瘩。妇女手拿一柄旋转小轮子，一团棉花滚荡在大腿上就纺成白线，织成布衣、吊带百褶裙，在古铜色的胯部荡来荡去，令人羞怯又不胜遐想。再看满坡乱窜的猪，让卖猪的费了不少力，才捉住绑在担子上。

往回走是下午四点，下坡又顺风，心情好顺溜。四十多斤的担子压在肩上也不觉得有多重，西边飞起了晚霞，两位文艺青年唱起了《打靶归来》。

红色的猪在他们脑海里幻想得渐渐膘肥体壮……年底，尖刀飞闪，血腥味弥漫在潮湿的井沿，上海人不再嘟囔不干不净，静静地等候在茅屋里盼着吃饭，哨声吹响，箭步冲向那真实可口的红烧肉。

一遍遍幻想，一座座山峦踩在脚下。下坡好难走，脚打闪，常常是趔趄不前。道明兄憋得脸通红，司务长也略显吃力，一步一步地迈出。罗班长感到担子越来越重，“咯吱咯吱”的在山路上东撞一下西撞一下，撞得猪先生不停地“嗯嗯”叫唤。

“死猪，还叫。”罗班长恶骂一句。暮色渐合，月光如水，野路凄迷，一声一声的鸦声叫得人心慌，害怕的心事都没有了，注意力全放在脚上。解放鞋里五根脚趾紧紧地抓住地皮，以保持身体平衡，因为是下坡，如若一个闪失，就完了。

“哎哟”前面传来道明兄的叫唤和跌倒声。“啥子？”罗班长搁下担子趋前一看，道明兄半躺在地，一手一边抓住歪斜的担子绳，若不然，猪仔早滚下山了。急忙查看他的脚，幸好无大碍。道明兄却耍赖皮，睡在地上不走了，说实在走不动了。谁又走得动呢！罗班长累得七窍生烟，早就想丢开担子，不干了。但一转念，那么多人的吃肉梦正等着他们来照亮，不敢同道明兄一样任性妄为。大家默默地躺在千年野路上，此起彼伏的怪叫声对麻木的躯壳已不构成任何威胁。

片刻，司务长爬起说：“来，吃点饭吧，再坚持两个多小时就到了。”

“哎呀！妈呀……”他俩同时叫了起来。

“荒山野岭不安全，坚持哈。”司务长爬起来挑起担子就走。

担子一放上肩，痛得罗班长“哎哟”一声。三人又跌跌撞撞地上坡下坎，稚嫩的肩膀疼痛难忍，好像担子变成了烙铁烙进肉里。为了忘记疼痛，道明兄默数 1、2、3……，咬紧牙关给自己喊：坚持坚持。一任胡思乱想，迷迷糊糊地赶路。突然，担子被什么抓住了，用力挣不脱，猪“吱吱”乱叫，路边阴森森的林子像有无数怪兽，绿眼闪烁，骇得他大叫：“司务长救我！”原来绳子挂住树藤，又惊又骇，他哭了，眼泪流进了黑夜深渊。他哭着嗓子说：“司务长，确实走不动了。”“不能停，前面说不定有人来接。”

无可奈何，挑起猪儿又深一脚浅一脚地走。脚不是脚、肩不是肩，行尸走肉般任猪儿摆布。也不知走了多久，累得意识都模糊了，远方隐约传来一些声响，渐渐听清是人声，还有灯光闪现。果然，营部见他们太晚都没回去，就派人迎接。接过担子的那一瞬间，二人瘫软在地。

第二天，罗班长昏睡一天，傍晚他来到河边面北而跪，仰天长啸，扬言：“今生今世，绝不忘这次沉甸甸的挑猪担。”

几十年来这副担子压得他即便疲惫得只剩一个蹒跚的背影，也丝毫不敢懈怠，因为命运给予他重塑自己的机会。人生之旅的担子便深嵌入稚嫩的肩膀，一同见证岁月的荣辱兴衰。

30年怀想一个人

时光流逝了，唯有一个人的身影没有变。

金碧辉煌的大厅回旋着铿锵有力的歌声：“到农村去、到边疆去、到边疆去、到祖国最需要的地方去……”歌乐山脉，淡妆素裹，天宇华盖，荷叶亭亭，酒酣耳热的老知青“展”起支哥支妹的“言子”，亦喜亦悲，再现当年豪情。刘世同，一个多么熟悉的名字。

把他比喻成什么呢，鹰？不妥。萤火虫？对。在那莽莽苍苍、无边无际的原始森林是需要有光亮照路的，而他就像萤火虫，一闪一闪地给我们带来些微的光明。

我们是校友，同到版纳勐捧八营。他爱画画，当了老师，工作之余就是勤奋地画呀画。那篱笆墙钻进草蛇，山林偶尔传来虎啸熊嚎，丝毫不会影响他手中的画笔。和我们最初所表现出的无所适从，空虚和牢骚，甚至成天聚众斗殴，无事生非相比，他真如一面鲜亮的旗帜，高高飘扬在我们人生的十字路口。

他那倾斜的小竹屋老是聚集着人。他们在谈论什么？他给他们说了什么？那样神奇，闪烁着魅力。无论清晨还是傍晚路过，我都扬起好奇的头，溢满丰富的想象。无论他到哪里总是被人簇拥着，众星拱月般，绝无孤独的时候。

周日的一天，我和一群女生正热闹地聊天，他来请我帮一下忙，第一次走进他的“宫殿”，头就撞上了天花板。整个屋里像泼了墨汁，尽是颜料盒、笔、画和怪怪的泥人。在知青眼里，他就是艺术家。每天我们收工回房还未来得及拍打尘土，他就抱着画夹到屋廊上速写，姿态各异的人成了他笔下的对象，直到远山遮住最后一抹残阳，月儿上了树梢，他才拿着厚厚一叠速写离去。这背影曾在我无聊空虚的内心溅起过思索的涟漪，不再整天伤心懊悔，开始对生活对环境有所思考、有所追求、有所爱，读书成了我的爱好。

那是个美丽的春天，燕子衔来惊人的喜讯：刘世同被抽调到北京天安门前搞泥塑，云南 2 名，他是其中的一名。全营男女知青亲切地议论着他的名字、他的作品。可他依然是昨天那个他：旧解放鞋，半新蓝涤卡，来去匆匆的矮个子，平静极了。

1977 年恢复高考，他因体检有病落选。全营的人，不，凡是知道这个名字的人都替他难过惋惜。他悲伤地躲进小茅屋，几天过去又恢复了原样：“死是死不了的，画是要画的。”他那执着的追求，顽强的进取精神，就这样暗暗激励过多少颗沉沦的心。当年与他关系亲近的男生们如今大多在各自的行业里独领风骚，尽显英雄本色。而他，最终在 1978 年以卓尔不凡的才华考上了美院。可以说，凡是认识他的人都喜欢他、尊敬他，他是支边青年的骄傲……

然而，他却先我们而去了，云南农场种下的病根早早地夺去了他年轻的生命。他去得那样匆忙、那样年轻——不满 30 岁。可他死去的是躯壳，留下了勤奋执着的精神。

战友啊，30 年光阴流逝，沧海桑田，红颜白发，唯有你的背影经常浮现在我的眼前，我虽未在你的坟茔敬上一朵小花，但让我朝着遥远的天国之门说说心里咀嚼了千百万遍的话：“有的人死了，他还活着；有的人活着，他却死了。”

四十年思念一片土地

当生命之舟如一片落叶，飘落在时代的洪流中，冲进生活的汪洋大海，接踵而来的是漫天迷雾、惊涛骇浪，令人惊怵无措，四顾茫然，回望，归途已断，锁住了心智高飞的翅膀。

遥望南疆，十万大山峰岭叠嶂，千条溪水玄机暗藏。殷殷的红土地敞开博大而深邃的胸怀，接纳了我们这群千里赴疆的青年。驻足扎根，亲手翻开人生之旅的首页。十七岁的花季，在南腊河畔，与茅草荆棘为伴的岁月，绽放出羞涩的淡淡的芳香。

山城的亲人已渐行渐远，青春飞扬的豪言壮语渐渐冷却了它的温度。嘉陵江的笛声、虎头岩的飞瀑、红岩上怒放的红梅……哦！生活的场景一瞬间全变了！变了！我们还是扎着小辫子的女生呀，看着四周全是大山，连绵天边的原始森林，新盖的茅草屋，一双双笑唇血红的哈尼族女人、露出半截蜡黄的屁股，强烈的视觉冲击形成的反差，顿时令所有的女生都哭了，还有男生。

那夜，千里之遥的爸爸妈妈您可入梦听见？

哭泣吧，太阳照样升起。

“当当”的钟声，骤然开启了混沌中的沉睡，我们梦中惊醒，漏金似的阳光穿过篱笆，撒落在泪痕点点的腮边，扛起砍刀走上山去。

南国的阳光充盈好客，带给我们短暂惊喜。指导员连长给我们知青讲话：“首先树立扎根边疆的思想，为祖国修一条绿色的橡胶长城，敢于与天斗与地斗。”多么豪迈壮丽的理想，变神话为真实。在理想旗帜的感召下，冲锋陷阵的新战士，心哆嗦手颤抖，举起山羊牌锄头和砍刀，一步步迈向人生转折的第一步——向深山进军——践行理想——上山砍龙竹。

“工作着是美丽的！”而现实的工作与理想中的兵团战士相比，一点也不诗意。

“地上本没有路，走的人多了才有路”。我们走的就是无路的原始荒山。乡音浓厚的军人、湖南人、云南人是兵团建设的先驱，他们勤劳质朴善良，是知青工作生活中的良师益友，几十年都忘不了。最初的工作就是砍坝烧荒，披荆斩棘，他们总是一马当先，砍最大的树挖最深的根，为知青做出榜样。砍竹不仅要力气，还需巧干，否则就有危险。

破竹瓦的劳作中，圆滚滚的竹筒在地上滚来滚去，女同学怎么也划不破，连队的文书湖南人，就来帮助她。只听“咣当”一声，刀离木柄，弹向空中，银亮一闪，血刃文书的唇，只听惨叫一声，鲜血顺指缝流出。女同学骇得呆了一样。那一刻，“要奋斗就要有牺牲”不仅仅是在嘴上空泛的朗读，鲜血对它作了真正的诠释。是的，看似平常的农耕劳动，其实也险象环生。蚂蟥、蚂蚁、马蜂，三大自然天敌，如利剑悬在西双版纳这块美丽的土地上，毫无设防的青春，谁来警示你：小心危险！

1971 年发生在南腊河三叉河的“八女渡江”事件，但凡去云南的同学都不会忘记。云南的天，说变就变，东边日出西边雨是常有的事。五连的菜地在河对岸，大雨说来就来，挖地的几名女生全身浇湿了。望着在空中摇荡只铺设了几块板的吊桥，沿路成群的蚂蟥，与正在泛涨的小河，她们选择了抄近道从河里走。水不深但却急，因上游下雨，水涨得很快。几位女生手拉着手下了河，走到河心，一股激流扑来，冲散另外三人，迅速漂向水面宽广的三叉河交汇处。所幸有两名女生拉住树枝获救，另一名则被水冲得无踪无影。

多么纤细温柔的小河，怎么说翻脸就翻脸。她只有十七岁呀！年轻的生命就永远凋零在这块热土上。她好想活下去，新的生活刚刚开始。她的非正常死亡在全营引起轰动，恐惧困扰着所有的生者。他们思考着：面对强大的自然天敌，生命多么脆弱，美丽也暗藏杀机。不管当时，年轻人是如何悲怯牢骚，《钢铁是怎样炼成的》书中主角保尔·柯察金面对困难，勇敢顽强坚韧的精神，不知暗暗地激励过多少颗年轻的心。否则，他们不会在太阳升起时，又重新抖擞精神，踏进荒芜的深山，拼命地挖、拼命地砍。

一层层梯田蜿蜒跌宕，一座座大山换上新装，一棵棵胶树盎然向上；一筐筐的花生，一篓篓的苞谷，青菜里闪烁着油亮的滋润，节日里唱响了吃肉的歌声。茅屋变成砖瓦房，每个连队与河相隔的工作地都架起牢实的吊桥，向家里要肉要油的信少了。青春的汗水、泪水、血水与中国劳动人民的汗水流在一起，并渗透进这块土地，血脉相融，难以割舍。

脸庞黑红，乡音浓郁，像父亲兄弟姐妹、关心帮助过我们的云南湖南籍老农垦，几十载黑白更替，时光打磨，依然在我们记忆的深井中活灵活现，健康不老。

营里高正扬参谋（知青亲切地叫他高参），他的妻子廖老师温良敦厚，吃她家的饭菜我们从未客气过。那时，她们也养着一双幼子，生活异常清苦，可硬是把嘴里的菜扒给饥饿的知青。这是什么样的心？是高贵的仁爱之心。是他带领我们宣传队组建了营里第一支橡胶芽接队伍。你看，满山遍野，郁郁葱葱的橡胶林，高大威武如旗，而今，展示出它不菲的经济价值。这一切，他功不可没。

有一位像父亲一样留在知青脑海里的指导员——秦本华。我没有这份荣幸在他的连队里待待过，但听闻过他的美名——秦指导。一位待知青如儿女的老农垦，宽广温暖的怀抱，接纳、关爱过优秀的或调皮的所有知青，听见他仁爱的话语你会感动得想哭，亲切慈祥的面容令所有见过他的人过目不忘。前年他到重庆，坊间传遍：指导员来了！指导员来了！我的心怦然一动——父亲来了，快去快去！带着回忆带着思念带着激动，带着蓄满的泪水，带着想诉说的冲动，飞到他的身边，围坐在他的身旁，虔诚地仰望着衰老、闪烁着慈父之光的指导员。满满的、五十多个知青挤满一屋子，这不是一般意义的与老工人见面。在特殊年代很多知青获得过他的庇护，他从心底流露出父亲般的怜爱，温暖了多少颗弃儿般困惑孤独的心。当年，他硬是拦下了要被送往营部接受教育的孩子，留在连里，以真诚信任相待，感化教育他们。事实证明：是金子总要发光。而今，市场的弄潮儿，企业的带头人，就是他们。指导员问我：“箐华，你怎么没回来，要不，我七十岁了，都走不动了，没法带你到处走走看看。”我的心啊再一次盈满了泪水——为他的真诚、他的衰老、他的惦念所深深打动。满屋的人谈笑风生，健康乐观，怀抱着孙子的知青也静静地坐在指导员身边。看一眼小孙儿，又看一眼白发的指导员，那眷念的神光似乎深远到地老天荒。

滚滚红尘，他的身影已模糊。要不是他一番自我介绍：“我是寨子里的桑则——哈尼族。”

哦！对不起，兄弟，我真的……

想起来了！漆黑的茅草屋，火塘边亮晶晶的黑眼睛，熠熠闪烁。你没有拒绝，我们贸然行乞，羞答答地自圆其说，你好像深知我们的来意，捧出珍贵的食物款待知青。我飘然置身在寨子里孩子们自由飞翔的身影里，忘情地歌唱舞蹈。孩子们簇拥着我，像公主一样骄傲地在南远河畔与他们一起高歌，文明的种子像毛毛雨滋润着那片温情的土地。

用什么表白——他们真情真意的心迹？

在连队的球场边，寨子里的桑则总是等在那里，把芭蕉叶包着的马鹿肉递给我。山神赐予他们的美食，也同样赐予我，让我忧愁的心享受自然的恩泽，如沐春风。知青回城，一路狂奔，丢下许多人和事，由不得你停下脚步回望。桑则告诉我，知青回城三十年，他找了我三十年，见一个回农场的知青就问一个。听罢，我羞愧无言。扪心自问，我何德何能让人如此牵挂。真情，是人间真情啊！感恩，仁爱，两枚结在人性之树上的果子，交相辉映。人类本是一个家，不管东西南北，交融着一种共性的情感——那就是爱！博大的爱。

四十年梦牵魂绕那片红土地，四十年从未停止过思念那片红土地。

那片我们生活过工作过、哭过笑过骂过、希望过失望过、梦想过梦碎过、年轻过歌唱过的土地，怎能舍得下、丢得开呢！四十年光阴，黑发竟也花白，生活经历甘苦杂存，深更夜静，记忆的列车总是一次次把我载回去，翻阅人生首卷，体味生命的甘甜。

读书私语

工作之余，爱看小说消遣时光的庸常，虚幻的浮光里觉得自己高尚起来。最近读了重庆作家阿蛮的长篇小说《逆神》，心里多了些凝重感。同时代人的知青岁月让人生纠结成一段一代人绕不开的话题。

《逆神》这部小说写的是知青故事。封面的颜色采用红白相间，强烈的色彩对比给予人内心复杂的情绪波动。白色高洁，红色是青春理想及时代特征。书中生动地描写了云南边疆知青的工作和生活，细腻地写出青春期少年的爱情萌动，也着意刻画出艰苦环境下生命如玻璃易碎，转瞬的生与死，阴阳两隔，让人猝不及防。即便已是不惑之年，当看到某些细节处也会唏嘘不已。

掩卷长思。初看《逆神》漫不经心，打望观景。清澈的格拉河畔，芭蕉叶掩映下的少男少女喜欢打打闹闹；站在连队屋檐下斗嘴逗乐。男生爱惹是生非，女生不爱这样，青春萌动，调皮好奇，相互试探，一步一景地展天阅地。思绪随着故事层层跌宕，曲折起伏，融进了书中人物的嬉笑怒骂。设身处地地站在几十年前的场景，去重新演绎当年的生活角色。这一刻，已经与书中人物牵手，心灵沟通，迅速梳理出情感的契合点，爆发出阅读的冲动，享受着阅读的快感，甚至脱口而出：“读书真好！”

从《晨曦》前三章开始，我就按捺不住急切的心情，一路贪婪地勒索而去……急急地在肆虐狂暴的山火中寻觅我亲爱的战友的身影——李华珍。一个健康明朗的女子，一个在世俗恶劣的环境下有着高尚人格的女性。为了保护连队的橡胶林，在突然爆发的山火面前，她毫不犹豫地冲进大火中，拿起树枝勇敢扑打，没有丝毫胆怯。浓烟滚滚，大火经风吹更是蔓延得很快。在这地广人稀的山上谁能帮助她？可她是一名干部，必须带头保护国家财产，她连眉都没皱一下，毅然走向那条明知通向死亡的路。

她耳边呼啸着烈火奔放的嚎叫，和所有的枯枝败叶粉身碎骨前最后发出的绝望哀鸣。她想寻求保护的芭茅草也燃起一顶华丽的皇冠为她送行。她在绝望的烈火中左冲右突，烈火却玩笑似地剥噬她的衣服，烧焦她的肌肤，生路在哪里？谁来拯救她！埋怨作者冷血，为什么不留一条退路给她，哪怕是一壁山崖，纵身一跃，残肢断手，也可保全她的灵魂和肉体。她的亲人和爱人还有可能真真切切地拥抱她一回，了却相思之苦。可是，她却被活活烧死。

上帝啊！你在哪里观望！

李华珍将死之际，不知为什么双手紧紧地护住胸前，洁白丰满的乳房袒露在一片狼烟散尽的焦土时，她已魂归天外。

扼腕叹息，战友啊！你还没来得及品尝人生之果，就香消玉殒，呜呼哀哉！为什么要这样书写呢？难道知青的青春真是一面带血的战旗？

哦！我忍受不了这心灵激烈的撞击……

读完《逆神》，我的整个思绪仍徜徉在书的氛围里；死亡的气息，烈火焚烧的浓烟，静谧阔大的森林转眼即毁，无一不交替地挤占我的脑海，不给人片刻安宁。

仲夏小雨，淅淅沥沥地敲打着。一个激灵，我从床上跃起，自问：为什么要一而再的诉说死亡呢！漫长的时光隧道，死亡已脱去腐烂的外衣，鲜活的生命站在眼前与之对话——丁松活蹦乱跳地淌着溪水去捉蚂蟥王，刁小三赤条条地站在吊桥上展示男根，还有秦进勇仓皇逃生跌进蚂蚁窝，顷刻间，紫蚂蚁铺就织锦般的网络，华衣下暗藏杀机。我的心每一次想到这些场面，都一次次地颤抖，那是何等的万箭穿心般疼痛的死亡呀！我无法想象，作为囚室的冰冷的地下仓库存放过尸体，又放进去手锤（知青外号）及他的幼儿，我都忍不住热泪盈眶……

为什么作者一次次强调死亡，是炫耀死亡的盛宴吗？不！绝不是。这正是作品想要表达的，呼唤原本就存在而又失去的对生命的起码尊重；呼唤那些缺乏对人的生存权利的自我保护意识。在那个年代里，谁问之？苍天辽阔，神秘莫测，天地洪荒，险象环生。年轻的你我他，毫无设防的心智，在无任何提示警醒下，轻易交出了生命，一生只有一次的生命。作者看似在冰冷地一次次描写死亡时，藏起了心底的悲怜。

五月回眸

坐在电视机前等待梁晓声的《知青》电视剧。

脑海里浮现卖花姑娘的影子。那是70年代，也是在五月，春风和煦的傍晚，在云南农场看朝鲜影片《卖花姑娘》。当拖拉机把影片拉到分场时，东方已经发白，银幕上的人影十分模糊，片中的主旋律凄美的《卖花歌》打动着女生的眼泪哗哗地流淌。天大亮，实在无法再看，领导指示回去上班，晚上重演。这小插曲让人回味了几十年。

知青生活，是很多人人生经历中一个永恒的话题。不论你想或是不想，都不可能绕过那条脉络。

梁晓声的《知青》写的是北大荒——极目北方广袤的原野，天地苍茫，浑然一片。一列满载着北京、上海、哈尔滨的知青列车，隆隆行进在无边的黑土地上。在密集的雨中，它缓缓停靠在一个烟雨笼罩的小站。列车的铁门“哗啦”一声打开，知青们冒雨跳下车，新奇地四处张望，有同学打起架来，搅得小站沸沸扬扬，有的跑到土坎上欢天喜地地朝着远方大喊：“北大荒，我来啦！”

像一个宣告，主人来了。若干年后，是他们长满老茧的双手与赤诚的青春主宰了黑土地的未来。事实证明：北大荒变成了北大仓。

小站不是这群年轻人安身立命的家，仅仅是人生首页的第一站。花样的少年走上一条泥泞的路，穿过草地，跨过小溪，有的知青捆紧的背包松了，碗掉了还是盆落了？临行前妈妈买的新鞋经不起稀泥的撕咬。最要命的，脚上水泡疼痛难忍。连流的是汗、泪还是地上的泥水都分不清。前面的路还有多远，家还有多远！少年的心不知道。

剧作设置了一个叫周萍的主角人物，一位上海姑娘。她身份特殊，遇到的困难就更多。她的人生经历有着独特的那一种——凄美的顽强的生命特质。她的美丽给人留下了很深的印象。由于家庭出身的缘故她受到歧视，到北大荒也没有资格。为了证明自己是可以教育好的子女，她与家庭划清界限，连户籍也没有，偷偷跑上列车来到北大荒，目的地到了，不敢下车，因为她没有身份证明，是狗儿把她从冰凉的车厢里叫出来。她恳求留下，要求参加劳动的权利，可她的同伴都排斥她。之后的种种磨难，荆棘一样挡在她前行的路上。她是一个充满悲剧色彩的人物。

在烂泥路上行走，早已弄得鼻子不是鼻子眼睛不是眼睛。望着其他的同伴走到前面，过了小桥，与前来迎接的连队马车汇合，吃上热腾腾的包子，她只能无奈地望了一眼又一眼。因为她的鞋襻被稀泥巴扯掉，包袱也散架了，东西七零八落，十分狼狈。上帝总在人类最无助时施一点小恩小惠，这时，一个身穿绿军装的小伙子凝望着、迎着她跑过去，接过她背上的行囊。她晶莹的眼眸盈满惊喜和感激。上帝出现了。青春的路虽然泥泞，但已有一双关注的目光投向她。

《知青》中很多场景常会引起观赏者联想，仿佛又回到本色世界。自然环境恶劣是边远地区的特点。《知青》在环境设置上先声夺人，让列车的终点站选择在黑河一个荒无人烟的小火车站。此时，下着瓢泼大雨，电闪雷鸣，疯狂肆虐奔驰而来的梦想之舟。这个站，只有一个人和一条狗。人是残疾退役军人。孤独的站、孤独的人和狗。多么深刻的预示，今后的人生将会孤独面对多少无法想象的困难，而这都得独自承担。

剧中另一幕，也给我留下很深印象。拉开火车铁门，探出五张青春的脸庞，像一簇怒放的野花，瞬间定格；在路边、在荒原、在大漠、在雪域高原，暗喻着你的人生，定格你的命运。是的，知青豪迈的情怀锐不可当，指向哪里就奔向哪里。他们始终兴趣盎然，出远门碰到坏天气心情也爽，撂到大漠荒原也不沮丧。以这样的表达方式，参与国家大事的讨论，本属政治话题与己相关甚远。可见，知青心底坦荡，唯国家与民族利益马首是瞻。心里装着国家，热爱祖国，这是剧作对知青的肯定。知青热情勇敢无畏，又鲁莽好斗，争吵不休，率性而为，是青春特质洋溢的挥洒，真实可信。作者善于从细枝末节折射大的问题，借用看似单纯的画面，表达复杂的社会问题。反映作者高超的艺术功底，对人物故事满怀真情实感，以及对一些社会问题深远的思考。

剧作构思很是巧妙。知青的人生驿站，从小站开始。人生的路，没有坦途，有风雨要行，有雷电也要行。风雨人生，从小站拉开序幕，青春绽放的花朵点缀在弯弯曲曲的泥泞小道上。人物的命运正如第一集所预示的那样徐徐展开，开宗明义。看《知青》想起重庆作家阿蛮的散文集《泥泞的青春》。《泥泞的青春》取材于云南建设兵团的人和事，书中人物鲜活生动。而今重温，倍感深刻。人生驿站，泥泞青春，风雨人生，在故事里一一验证。

《知青》中使用了大量的对比。比如，最恶劣的天气是最考验人的战场；最小的车站具有最大的容量；最孤独的人是心胸最宽阔的人；最美的人是倍受磨难的人。因此，梁晓声先生是一位以小见大的表达高手。当年在兵团的许多生活琐事，被大师提炼后搬上银幕。那时期知青对书的渴望我也感同身受。在边疆时自己也东拼西凑地集了三十多本书，宝贝一样锁在木箱里，最好的一本是苏联作家屠格涅夫的《前夜》。谁要是借阅，一定要遵守归还时间，过时未还，是一定要催三催四的。书在那时是唯一的宝贵的精神食粮。

艺术的真实首先是生活的真实。电视剧《知青》再现当年垦荒的许多生活场景，唤起一代人集体的记忆，完成一次时间穿越的审美享受。一切苦难终将过去，留下的都是美好的记忆。

第六编

素人行板

泰戈尔《飞鸟集》

只管走过去，不必逗留着
采下花朵保存，因为一路上，花朵自会继续开放的

你离我有多远呢，果实呀
我藏在你的心里呢，花呀

落 日

一

车上，子路喜欢往窗前凑。

公路挨着一条瘦身的河道向前伸展，透过玻璃可以看到半个的太阳从东方升起，晨光洒在江上、树上、两岸灰暗的建筑物上。子路夹在那些交叉错落的手臂弯、脖子缝间，常幻想自己是飘飘欲飞的花仙子，逢山越山，逢海跨海，飞着飞着翅膀就垂了下来。什么时候才能不上这倒霉的班呀！

最近一段时间，早晨一睁开眼，子路想的就是这件事；下班了，就说终于挨到下班。逃似的离开。

公司修的房，交房期过了半年都没交成。现在，只要电话铃声一响，子路心里就一哆嗦，是不是问房的？上门吵闹的人更是不计其数。面对那些穿着工作服的农民工，子路常常是眼睛盯着桌子不敢看他们的眼睛。

“不准她们吃饭。不赔我们钱，不答复什么时间交房，就不准她们回家！”业主们一个个气势汹汹，张牙舞爪。

人质！我们被扣了。

子路想起电视里那些杀人越货的场面，好紧张。办公室几个人都跟蔫茄子似的，被逼到墙角闷声待着。

办公室已非办公室，乱七八糟，烟雾缭绕，文件袋里的东西雪花片似的踩在脚下。几十个要求赔偿违约金的业主早上就到公司。今天这里是地火岩浆喷射出气口。

“啪！”一只水杯摔地，茶水四溢。愤怒而无奈的发泄。

子路同情他们。这些业主多数是农民工啊。挣钱容易吗？可是，老板就不露面，也不给个答复，究竟什么时候交房给他们。这么大的事推给办公室几个人。见鬼！

板凳横在门口，几个肥婆坐在凳子上把门堵上，下班不准他们回家。子路肚子饿得咕咕叫，看他们吃着热腾腾香喷喷的米线，还故意吧唧着嘴巴的声音，子路原先的那点同情早就见鬼去啦。

昨天就上演了惊心动魄的一幕。通知业主到公司办理领取违约金赔偿的手续，老板咬牙割肉准备了二十万现金，先赔一部分再说。可这些人吵吵嚷嚷的，要求赔就一步到位，计划并相互制约：谁也不准办手续，谁办谁是叛徒。

业主们今早一来，看公司办公的依然是虾兵蟹将，主帅不至，乾坤难定，火冒三丈，一把掀翻展台模型，踢得门大响，抓起售房主管葛刚就走，到总部找老板。

其实葛刚也不是主管，真正的销售部经理是老板的朋友。在房子卖得最火时，他找老板借了钱，说要装修房屋结婚。房子热销后他销声匿迹，打电话永远无人接听。真做事的没挣到钱，讨巧的倒拿大头。业主事端突起，销售人员作鸟兽散，剩葛刚一人坚守阵地。让葛刚一个人承受几十人的围攻，子路觉得对不起同事，便想为葛刚分担一点压力，遂跟了去。

子路是公司唯一的会计，独当一面主持工作，工资却是一般会计的标准。进公司一个月，刚把几年的账目梳理了一下，房屋预售工作就开始了，公司抓扯筹措来的钱就要回笼。开发商盼的不就是这一天吗？快速地把资金收回来，该付的款要付，该欠的钱要还，该纳的税要交，该还的人情债要清。转眼间，铺天盖地的工作，铁桶一样把她紧紧卡住，叠叠重重的票据堆满桌子、柜子。本应由两个会计协同完成的工作，老板辞掉一位，弃其重留其轻。子路每天最后一个走出公司大门，一路狂奔，买菜回家煮饭，让放学回家的女儿赶快吃完饭好做作业。等女儿做完作业上床已经是深夜 12 点。这个时候子路才坐在床上，双手捂住脸，深深地叹一口气，全身放松下来，眼泪顺着指缝流出。她心里嘴里不住地说："我不想干，不想干，不想干……但不能呀。"

第二天早上起床，忙乎一阵，女儿上学后，她就对着墙（墙上贴了 7 张女儿的奖状）嘴里大声诵着："下定决心，不怕牺牲，排除万难，去争取胜利。"双手捏紧拳头，原地跑步走，脚抬得老高，又喊又跳。她想把信心跳起来，把热情跳起来，把勇气跳起来，然后伸直腰杆，昂首走出去上班。这是子路的风格。

现在公司的房子基本销售完，大部分资金已回。工程款还有三分之一未付，建筑方不签字，房屋无法交接，交房给业主的承诺拖了一月又一月。赔违约金也拿不出钱。所以才有了现在混乱失控的局面，老板死活不露面。子路心里确实怕，愤怒的洪流，身处漩涡深处，唾沫星子也能淹死人。

子路拿着手机边走边给老板说："我跟葛刚去应付业主，都是要钱的，你得拿个主意。"那边沉默。"20 万赔偿只是个零头，按合同远远不止这数。"子路很少在老板面前提钱字。钱、钱、钱，命相连，这一年多来，钱把老板逼得想跳楼，起码也有十次了。

“你不要上去。老板在电话里说。”

“业主呼声高，葛刚他们怎么办？”

“不管他们。”

“我就在楼下，有什么通知我。”

子路关上手机，一声叹息，朝上望着高耸的楼。街上车如流水人如潮，子路视而不见，陷入深深的自责——完全可以不给老板说，直接上楼。打一个电话什么意思？无非是找一个自己不出场的理由罢了。可悲呀可悲。她觉得自己像个叛徒，答应了去又不去。矛盾焦点本来可以转移到她这儿，让葛刚躲过一劫。他早上已经被围困了一上午，一个人对几十人，风刀霜剑，唇枪舌剑！已经很辛苦了。转到大楼背后，子路找了一处花台的石棱坐下，眼睛就往高楼望。想象业主们是怎样焦急地盼她出现，提着大兜钞票，签字画押，拿走本该属于他们的钱，可他们始终没有盼到所期待的。

手机不停地响，响，响……子路听不下去了，硬着头皮走上去，与葛刚和另外两个公司员工一起面对业主，听他们数落。

手机又响了，女儿说：“妈妈我饿，你加班还没完呀。”子路一看，已经晚上10点了，慌忙走到办公室角落，压低声音说：“妈妈公司有人闹事，什么时候回家不知道，如果我没回家，明天你找老师借中午的饭钱。”

“妈妈快打110报警，还敢扣押！看我不拿刀劈了他们。”

“是我们不对在先，人家付了钱，房子没给人家。”

“那就给人家。”

“不是我，是老板没给。”

“找老板要，关你什么事？”

“我是公司的员工，要坚守岗位。”末了，又添一句：“老板给了工资的。”

“傻儿！”女儿气得把电话一摔。

子路叹了一口气，又莞尔一笑。平时总觉得女儿爱她不够深，今天还敢用刀劈了不让她回家的人。嗯，我的女儿，我的爱！子路的眼睛潮湿了，终于有人为她拔刀相助。

她悄悄打了110报警电话，又对玛瑙妹妹说：“别担心，我们再坚持一会儿。”

玛瑙妹妹会心一笑，说：“子路姐你饿不饿，我这有个苹果，你一半我一半。”

玛瑙妹妹是一位心地善良的姑娘。子路对她的名字感兴趣，说她有一个红色的名字，喊的时候，就像有面旗帜在眼前飘呀飘。原来，她们村叫玛瑙村。村子坐落在山脚下，树不成荫，山色泛红，故名玛瑙山。她妈在快要临盆时还翘起屁股在地里挖红薯，正巧挖着个斗碗大的红薯，胎儿在肚里七拱八翘地跟她作对，她难受死了，肚子疼痛一阵烈似一阵。结果，红薯没出来她出来了，粉嘟嘟的肉体沾满了红色的泥土。她妈捧着她，喜极命名，取了一个接地气的、玲珑剔透的名字。办公室几位年轻人就数玛瑙妹妹对她最好。电脑操作不懂时玛瑙妹妹总是耐心帮忙，别人来就是“刷刷刷”几下给干完，从不讲为什么。因此，她对玛瑙特别好，剔去肤浅的一般同事关系，彼此真诚了很多，子路常点拨一两下职场生存要点给她。

晚上10点半，110来了。110说这种事他们也没办法管。

派出所的也来了，问别人拿钱为什么不交房；又让大家都回去吧，太晚了，说构建和谐，开发商与业主摆在桌子上再协商解决。后话锋一转，对着业主说：“你们之间打什么架？目标一致，来要钱要房，还窝里斗？”他嘲弄般的警告，听起来使人感到有点好笑。两位业主争执的起因是因为对先要房呢还是先要赔偿的意见不统一，就打起来。警察最后说：“谁抓扯，我们就弄走谁。”

这是警察第三次出现场。两次是公司求救，一次是业主内部打架报警。业主想把事弄大，好让政府出面解决。

趁110走的时候，子路挤在警察身边想趁机溜出去。业主眼睛雪亮，黑压压地站成一片，警察走他们走，一齐扑向即将打开的大门，生生把她从警察身边撕开。本想借警力保护出门，结果，警察兄弟不给力。子路夹在拥挤杂乱的人堆里拼命挣扎，根本动不了，像抽干水的鱼儿，在泥塘里扑腾几下就算了。

夜深了，葛刚仍被几个业主代表堵在办公室。他是老板在非常情况下委任的副总，挡子弹的副总。他代表公司给业主签字，签了两次兑现不了。业主不认他，碰见就质问：“你说到时公司不赔你自己掏腰包，钱拿来呀。”逼得他上天无路，入地无门。葛刚羞愧，侧头小声对子路说：“我为老板两肋插刀，结果刀插在自己心上了。”

黑色的大门终于打开。区政府开发办、建委、街道的相关人员到了，确定政府、公司与业主及债权方的协调会议定在三天后召开。

终于自由了！自由是什么滋味？短短十几个小时，子路历经了几十年经历的总和。打车赶回家，打开门。女儿懵懵懂懂地问：“妈，几点啦？”

“三点，快睡吧，明天还要上学。”

二

子路隐约听闻了一些被公司屏蔽的内情。

拿到这块地，红线图内有一小块是相邻一个企业的，在这地块电力局安有一个变压器。公司用30万元把变压器买下，修这幢楼的环形消防通道就要从那点绕过，协议手续都齐全。

厂领导没有向职工公布固定资产转卖一事，当然更谈不上让职工从中获利分钱。工厂搬迁，职工楼里有98户人家留下。98户人家的老少爷们发誓与变压器共存亡逼迫开发商敦促厂领导，把工厂转卖所得与职工分享。可是，天晓得厂领导把钱弄到哪里去了，现在一拍屁股走人，上哪去找？因此，只要去拆迁变压器，老少爷们就手持棒棍砖石站在菜地，围成一圈，众志成城！一片片生长茂盛的小白菜，绿油油的被践踏得七零八落。警察也奈何不得。

那次突发事件后，上班轨迹就显得特别有意思。

玛瑙妹妹找到二楼做清洁的杨婆婆说：“麻烦给我们盯着点，有业主来赶紧打电话。”

行呐！满面笑容的杨婆婆特兴奋。这事刺激了她，义务侦察员一当，关系更热乎。每天到公司，子路他们绝不先上楼，而是围着大楼转一圈，然后打电话问杨婆婆楼里有“敌情”没有。

“没有。他们一来，我就说公司的人都被你们吓跑了，不敢来上班。”

然后她们就“蹬蹬蹬”跑上楼，边跑边掏钥匙火速拧开门，闪进房内，“砰”的一声把门关上，双手捂住胸口，庆幸总算进来了。继而笑逐颜开，赶紧掏手机给其他人通风报信。办公室里最好不开灯，门缝泻出的光会暴露。谁在听歌！是王菲的“想你想在不经处”。“都小声点，想遭围攻嗦！”说完大伙“呵呵”大笑一通，有意思，地下工作者。

“快来吃哟！”子路拿出“霸王锁骨”卤菜请大家吃，说：“辛苦了妹妹们。”

想起那天的情景，子路心里充满了对姑娘们的爱。业主一双双仇恨的眼，盯谁谁怕。大伙的嘴闭得紧，怕回应不当激怒他们。只有玛瑙妹妹不怕，看一大汉坐在板凳上横在门口，走过去怒踹板凳两脚，虽未撼动凳上三百斤的大汉，但是她敢呀。“怕了吧？”她大声质问，“买房的时候，合同是你们自己看清才签的，你们是傻瓜呀。买把蒜苗，秤都掰成直角要看斤两，几十万的房子，现在来扯！”

一物降一物。子路当时蛮羡慕地看着她，真是年轻，无知无畏。自己年轻时也叉着腰去砸过别人的门，一样的豪气冲天，英姿飒爽，还喊：“扫帚不到，灰尘照例不会自己跑掉。”子路暗暗地摇摇头，轻叹一声。

政府协调会如期召开。公司的人沉浸在无名的焦虑中，每个人心中都狂跳不已，像得了心脏病。子路就是这样的感觉。

老板照例不出现，电话指示葛刚、子路、玛瑙妹妹，还有法律顾问当代表。“不逮你们不行，我也是没法子了，对不住哇。”老板说，“回头请你们吃大餐。”

谁也不稀罕那顿大餐，但还是只能代表老板参会。

会场气氛倒也严肃，业主们也不再吵闹，直勾勾望着主席台。主席台就座的有建委、法院、房管、街道办、业主代表。一堂群英会，各显神通，好戏开场。子路几个混杂在人群里，看政府怎么摆平，构建和谐平台。

首先唱响和谐之音的是建委主任。他的领唱嘹亮又具穿透力，震得台下鸦雀无声，全神贯注望着主席台。他说："今天解决概念问题，枝节不提。"

概念二字业主们听起有点懵，"枝节"的意思倒是听懂了。业主们仍然很纠结：先要房，还是先要赔钱？政府摸清他们的心思，钱比物重要，钱可以买任何物，而物易钱就难得多。

紧接着建委主任的第二句就是："按照合同赔付，是不争的事实。"

有了一颗定心丸，台下的眼神，多数都充满了希望。但仍有个别人不顺着主任的思路走，高声说："开发商不讲信用，要写条子，赔付的界定要我们说了算。"

这时，法院老大哥当仁不让，朴素的外表饱藏浓郁的人情味，深情演绎第二部分轮唱，直抵受害者的心灵深处。他庄严重申："司法程序严密。我个人理解，赔偿包括全额，没有首付与贷款之分。"

和谐之音首次由乙方跟进，业主们一齐叫嚷："叫开发商回答，表态。"

甲方沉默，灰灰的脸，无人吭声。律师站起来，干咳一声，痰卡在喉咙，他用力"嗯"了一下，声音才亮开。说："以法律为依据，一切按法执行。"

"不行不行！这表态太勉强，你们政府走了，我们找不到人，他们的话当放屁。要写条子，要承诺。"业主叽叽喳喳躁动起来。

法院老大哥又站起来说："我个人认为，先解决完工交房问题，资金链断了，成烂尾楼对大家都不好。赔偿合同约定跑不了，承诺无实质意义。"

群众相信政府的力量。他们闹呀、告呀就是把希望寄托在政府那里。巨人出来干预，整治开发商，还业主一个公平，天下就太平了，群众就高高兴兴地回家过日子了。

“散会了？半年搞不定，政府出面，易如反掌，太厉害了。”子路自问自答。她看见公司的人在送政府的人，站在车边说话。葛刚他们则侧身站着掏包。她心想业主没走净，就要小动作。她看见三三两两的业主假装站着说话，眼睛不停地往这边瞟。她急忙走过去问：“要表示呀？”

“嗯。”葛刚答道。

“业主那边在看哟。”

“今天随便怎么都要感谢，人家来一趟不容易。”葛刚说。

他俩从背包里拿出信封，子路急忙小声叫：业主眼睛！业主眼睛！

建委主任眼睛一横：“你们要害我嗦。”跨上车，“咚”一声关上车门。头伸出窗外，说：“余下的事，开发商要认真处理，我们只能做到这一步。该面对的要面对，躲不脱。”说完开车走了。

趁东风，公司紧锣密鼓地安排交房大事，诚恳地一次次与业主见面沟通；而业主一再要求与老板直接面谈。架不住强烈的攻势，老板终于答应出面。

子路觉出这次见面的意义重大，有了指挥官，再也不会群龙无首，虾兵挡道。她饱含激情，奔走众姐妹之间，一再嘱咐，穿好一点，老板出场，员工雄起。她意犹未尽，奋笔疾书，写下十条应对要点，纸条的末尾还写了一句：“让上帝保佑你。”慎重地递予老板娘宋蝉手中，转呈老板。

做完这一切，子路的心宽畅了，仿佛公司的前景也亮堂起来——扬鞭催马，与时俱进，锅里有碗里才有，尽自己最大责任，把事态往好的方向推。

第二天一早，员工早早到公司，神情庄重，着装统一，等候老板隆重登场。

一等不来，二等不来，最后等来老板的司机兼保镖小牛，说是代表老板出场。千呼万唤始出来——却是一个玩笑而已。子路像泄气的皮球，暗暗讥笑自己，你认真做，别人认真耍。世道不是你想要的那种。

子路沉默了好多天，也没打电话问宋蝉。因为，那天子路递的纸条她看了，连上帝保佑都说了，有种暗含讥讽的味道。子路知道，她和老板面和心不和，各取所需。

终于，年底时把房交给了业主，交出的是一个问题房。不交不行，不交就要命。区拆迁办在公司购的安置房，协议规定，过期每天会有一万多元罚款。

三

人倒霉，喝水都噎着。

一天，突然来了两位工商管理人员，要求出示三年前的银行对账单。子路找了找，说：“好像没有。”“没有？就是非法营业，关门查清再说。”

子路装作在那里找呀找，心想：“这一关门怎么办？公司刚注册到位的800万资本金，几天后就齐刷刷被转走，余额剩几十块钱。这叫抽逃资金，是要罚款的。怎么办？外面又在催，怎么还没找着。这不是催命吗，只要我一拿出去，公司被罚了款，老板那如何交代。几年前的事，我不是当事人，是老板你们自己把钱打进来验了资就划走，脚还没踩热，银行对账单上清清楚楚显示只余几百块钱。没想到事隔三年，房子也盖起了，卖得也火热，整个工程也支付了几千万。工商还扭着不放。”子路无奈地把银行对账单拿出来。

“嗯，钱是划走了。”工商拿着扫了一眼，很冷漠。

“是呀，经营嘛，资金要流动才有活路，钱不动不成死钱了。”子路接着说：“你们是……”

“稽查。”年长的一位从衣服里掏出胸牌晃一晃。

子路的头往跟前凑了一下，也没看清楚叫什么名字。年轻的一位指着年长的一位说：“这是我们稽查科的科长。”

“哦！科长。几年了，公司给国家的税都贡献了几百万，我们是实实在在的企业。”子路大声说。

“那不行，你的钱是从账上划走的，这是不争的事实，等着处理吧。另外，户外广告到工商办手续没有？罚款 1 万元，近期交款。”

子路呆立，无话可答。“怎么这么多事！”她心里叫苦不迭。

马上给老板汇报。他说：“知道了，使银子。”

子路心里暗骂：“保长，二百五，只晓得拿钱。办理开工手续未果，擅自动工遭罚款，也是托人拿了 100 万了结。其中真正罚款只有 40 万，简直是给别人挣钱。公司里的人都说，老板是瞄准的靶子，谁想要钱就瞄他。”

街对面的小餐馆，老板请了一个胖厨子上灶。菜炒得有模有样，特别是酸菜肉丝特地道，红椒伴酸菜，好看又爽口，经济又实惠。中午公司的人聚在那吃饭，顺便发发牢骚。不少人议论走掉的副总，感慨商场即战场，不过是兵不血刃罢了。

那位副总拿到五十万的退股费，放弃了正待开发的热土，无奈离去，离去时眼眶里满装着失落感伤。当时，她还是一位正值年华、精明能干的中年女性。区区几十万，就买断了她寄托在地产业驰骋风云的梦想。也许她并不知道，劫数在后。古人曰：“福兮祸所伏。”留下的是好事，走了的未必就不好。

接替她的副总为人不地道，对新来的员工总带着审查的意味，经常找碴。子路在电脑上做的东西，一转身他就给删了，气得子路问谁干的，谁也不知道。老板深知他不是自己要用的人，趁春节回家之际一条短信就把人给辞了。此一举，种下祸根。

公司接二连三被工商局检查罚款，不是无来由的。子路去工商局交罚款，他们说“有人举报说你们抽逃资金。”这还不算，公司总部办公室是租的，在租房合同附件中有记录室内家具明细。结果退租时把合同拿出来一看，没有附件，搬家时 4 台空调差点被女房东诈去。好在子路回想起，在她结账时好像看见 2005 年的账里有一张购买电器发票，找出对照果然是 4 台格力空调，与办公室墙上挂的是同一个型号。那么，这个附件是谁抽走的呢？管理档案的文员钥匙不是始终在自己手里吗？对了，她常常丢给小栗子，让他代劳找一找文件。女房东是副总的关系户，租这个房就是副总找的，这一切不能说是巧合吧；而且，公司工程上讨论的事，乙方第二天就知道，使公司很被动，这可是商业机密。所以，老板才狠心开除副总，同时解聘的还有一位水电工程师。老板说他们是一条线，必须清除，攘外必须安内。

四

子路做梦都没想到进了这样一个复杂多事的公司。

子路进公司是一个巧合。下岗在家三个月，闲散下来干什么都没劲，就进了人才市场，碰巧就被这家公司招了来。招工的老头，就是老板的父亲。与他一道招聘的就是宋蝉，那时是老头的准儿媳。宋蝉芳龄二十，相貌平平，高职毕业，初入商海，就被老板逮了个正着。不过他没有金屋藏娇，送到公司当了出纳，也算是信任。

公司闹成这样，业主三天两头上访，如果政府部门电话打来无人接听，携款潜逃的罪名成立，老板是要进大狱的。事态变得扑朔迷离，员工如惊弓之鸟，纷纷暗作打算。去得轻松，留得勉强。子路想走都想疯了，可手头的工作交给谁？如果公司真的瘫痪，买房的人就惨了。来得清爽，走得清白，必须有个交代才能走，这是基本的职业道德。

他们几个留下的人分了工，子路应付工商税务一路；葛刚对付业主、拆迁办、施工单位；玛瑙妹主管各路神仙的文件收发。他们都是一根绳上的蚂蚱。

提绳的是宋蝉。她与老板单线联系，传达各个指令：安排谁，干什么。子路明白公司的实况，老板已无回天之力，只有一个字——拖。但拖下去也难，工程款总是要给的吧，政府不可能给你塞窟窿；消防通道不通，生命和财产安全受到威胁；事态只会越来越糟。子路想，首先把自己的工作做好，会计资料不能遗失；说不定哪天气大的业主又杀回公司，弄出什么事来，谁也料不到。子路把资料装了两大包，和玛瑙妹妹提着从底层车库溜出，打车把东西搬到她朋友处安顿下来。

子路想，落日怎么落到我这就不辉煌了呢，到老板那里也不辉煌了。刚进公司时，公司还很红火，每天签约不断，大有房不卖完誓不休之势。但很快，房地产行业就萧条了，落日说暗就暗，说黄就黄。

子路伏在桌子上苦思冥想，如何跳槽脱身是当务之急。

“好朋友再见，好朋友再见！”手机响了。子路翻出一看，宋蝉写道：“子路姐，你在办公室等我，我找你。”

与宋蝉同来的还有一人，是老板哥哥公司的谋士——雷博。平日一提老板哥哥的公司，几位年轻人脸上就满写着“了不得”几个字。今日一见，子路觉得没她们说得那么玄吧。

“子老师，我想问一下，找愚人港公司借的款你是怎么挂的账？”雷博问。

“按财务规矩走。”

“划出去的款你又是怎样挂的？”

“还按规矩走。”

“财务怎么这样乱？”

乱？一个“乱”字让子路打了个激灵，顿生警觉。手伸得太长了吧，要说，老板才有资格询问公司财务的事。就凭宋蝉？她自己都没挂稳，况且她是不是背着老板来这一手？子路怀疑。

雷博口气强硬，让子路一下明白了自己的角色。岂能束手待毙，她要正面反击。子路早就看不惯老板的哥哥，每次付完利息就是一张白纸回来，连一个章也不盖。有次借款回到账上时就已经扣了十八万的利息，但后来又支付了一次。子路报告给老板，老板说算了，他不想为了小钱伤了兄弟和气。子路就很气愤，宋蝉她是出纳，当时就扣除本月利息难道她不清楚吗？吃里爬外。

“公司每月支付高额利息，钱一笔笔从账上划走，都是宋蝉经手的。出纳这么做，资金划走的大窟窿怎么填？你说乱，我不接受。我有权指挥老板吗？我的责任只是提醒他什么可以，什么不可以。还仅仅限于我知道的层面，不知道的呢？”子路气冲冲地说了一通。

沉默。

“子老师，你看把这个账改一改行不行。”雷博换个口气说。

“把愚人港借给你们公司的钱改成其他公司，你看……”

“可能不好办。几千万呀，要移动好大个动静。现在是电子申报财务报表。”

沉默。

“好吧，子老师你还是再考虑下，我们也是为老板好。我们走了。”

五

雷博摇身一变成为公司的副总，全面主持公司日常事务。由于业主不停上访要求通天然气，政府职能部门三天两头找公司负责人问话——该办的事办了没有？消防通道修好了没有？

老板依然不现身。业主扬言要人肉搜索，到家中去捉拿归案。老板只得另请高明者上前抵挡，换一个形象，换一套语言方式，再去哄一哄，拖一拖，能拖多久算多久。雷博此时粉墨登场，相当符合这个标准，他当过律师，办事有板有眼。业主来了，生气把茶水泼在地上，雷博赶紧用拖把拖干地上的水，说小心一点不要滑倒；有个孕妇顶个大肚子在人堆中挤，雷博赶紧扶着她，说你最好不要来凑热闹，让家里人来就行了，不安全。

对员工就不同了，他找这个人谈话，找那个人谈话，就是不找子路谈话。子路心中有数，心想我光明正大，不做损害公司利益的事，要用就用，不用就走，绝不看谁的脸色；该签字的，老板必须签，会计才收入做账。这也是老板规定的。当初老板就问过子路，公司的账怎么做？子路说还是正规做账好些，现在税法税收都很规范，特别是房地产行业，看得紧，比不得皮包公司，打一枪换一个地方。老板说好吧，正规走。

方向明确，旗帜鲜明，子路不怕被开除。现在最重要的是看紧那个宋蝉。宋蝉向她报了 50 万购房订金，而子路在查业主的交款明细账时，发现收款方式与销售人员说得不一样，打电话与业主核实，确认业主交现金 80 万，而宋蝉却说收的是支票，且金额差了 30 万。

子路再三追问，宋蝉什么也不说。她有恃无恐，老板跟她同床共枕，不会因为一个打工的会计而与她翻脸。

老板与前妻已育一儿一女，老板还想要宋蝉为他再生一个儿子，宋蝉却说不知道肚子里怀的什么种，生儿生女由男不由女。两人的情感纠葛就此展开，分分合合，悲喜交加。宋蝉到底还是担心，哪一天真的过不下去了，自己身无分文离开，岂不成了天下笑谈？所以她明欺暗诈，利用出纳掌管现金的便利，早已为自己捞了不少实惠。

收据上现金变支票并不是哥德巴赫猜想，不难证明。子路向老板汇报。老板听了，表情立即阴沉，要了几本发票，拿到他公安局朋友处去检查笔迹。末了，老板和子路谈话，很深沉地问了一句：“你说她弄到一百万了没有？”

子路不答，却跟他举了一个例子，有一次宋蝉付一个私人贷款手续费 30 万，这个人在银行帮公司贷款；付他手续费时他不给发票，要打白条，子路坚决不收白条；宋蝉却跟她说，他不开发票就算了，并提出给她一万元现金。

“你疯了！给我10万，我也不干，你还嫌公司的事少吗？白条要上所得税25%。”子路拒绝妥协。

第二天，宋蝉对子路说，那人开了发票叫去拿。子路去了。那人怒气冲冲把发票拿出扔到桌上说：“你开！”子路也不客气，说：“是你开，不是我开，我付了钱，你要开票给我。”

“我没有笔。”

“我有，给你。”

“我是老花眼，看不清。”

“到亮的地方去。”

“没有复写纸。”

“走，到柜台借。”

气得那张脸七拱八翘。

他用复写纸罩在第二联上开好递给了子路。子路看得目瞪口呆，但也没有办法，他要开飞票，子路管不了。

对于税务，子路保证自己绝不打马虎眼。这一点她有切身体会。

子路初到公司就遭遇了一个下马威。专管员打电话叫去拿表格来填，子路丢下手里事跑去。谁知拿回刚坐下，电话又响了，专管员说，还有张表格漏掉了，让再去拿一下。子路只好说明天来。第二天一早子路就去税务拿回一张表格，谁知，下午专管员又一个电话说，哎呀不好意思，还有一张表格没拿。让子路看什么时候来？

子路气得牙痒痒。她知道什么意思，却装着没听懂。对方大言不惭地威胁，要打电话给老板把她换了。外面受了委屈，回到家里子路就告诫女儿，要好好读书，妈妈挣钱不容易。女儿傻傻望着她，不明究竟。子路就在屋里边做事边自言自语。

女儿猛喊一声:“妈妈，你在说什么?”

哦!子路一下清醒:“没什么，是我自己跟自己说话。你在做作业，我和谁说?好，我不说了，你快点做，妈妈不打扰你。”子路想自己是不是得了神经病?

子路尽量不让自己停下，除了工作，回家有点空闲就看书。她的目标很明确，不能生病，不能倒下，不能不工作。女儿还没长大，自己任重道远。

六

小区天然气供应出了问题。公司无钱交燃气费，业主又告状，恰好遇到老板的父亲。老板的父亲很惭愧，说太对不起大家了，一定想办法凑钱把燃气费交了。第二天老板的父亲果然来了，看见几十个业主怒冲冲地等着，把公司大门把得死死的，慌忙把子路叫到身边，问是怎么回事。

子路说:“他们等着今天公司交燃气费，老板也没说是交还是不交。”老板的父亲把皮包拍一下，粗声说:“子会计，我老头子怎么会骗你，这就走。”

子路放下心来，对业主们说:“今天就去缴燃气费，你们把门开了，我们抓紧时间办。”一个业主说:“公司骗我们骗得太久了，我们不相信，必须跟你们一起去银行。”子路看看老板的父亲，老头无奈地点点头，说:“那就一起去。”

到银行时已是午饭时间，停止交接。钱不能马上划走，子路不敢贸然存进去，这是救命钱呀。半年前公司的账户就被冻结了，如果存进去被冻住怎么办?

业主也担心，把老板的父亲拦住不让走，要他就在这儿休息。老头对子路说:“这事交给你负责,钱要看着划走,要对业主负责。”说罢让业主分几个人跟子路去那边银行,自己留下当人质。

子路看在眼里,疼在心头,上了车就给公司打电话,找人去陪被扣在银行的70岁老人。

到下午,40万元总算安然无恙地转到了燃气公司账上。子路长舒一口气,赶快掏出手机打电话给老板的父亲说:“办好了,您老放心回家吧。”

这天晚上,子路在家中分别接到三个电话。

一个是老板的父亲。他说:“子会计,我活了几十年,没遇到过这样的事,今天我真的有点怕。娃儿的事我再也不管了,会计你不要笑我。我不管了。”子路听出老头现在说话都有些语无伦次。

第二个电话是老板打的,问怎么一回事。听了子路的汇报,老板叹一声,说:“我本来就没让管这边的事,他自找的。”

第三个电话是老板的大哥打的。他也问是怎么回事。子路再次详述一遍。

两个儿子,本来都是老头的骄傲,现在出了事,却让老头出钱摆平,千钧重担压在一位老人身上,他们怎样想呢?有钱的不援手;无钱的不着急。老头真是没事找事,钱再多,也是难。子路把钱亲人不亲这个事实总结了一下,摇了摇头。

业主们总算维护了自己的权益,高高兴兴去找燃气公司通气。不料半路里又杀出一枪,燃气公司说还不能通气,虽然完善了费用,但还需要消防安检手续。

啊!超级谋杀。

业主们爆发了,上帝又发脾气了。区里、市里到处是他们穿着印字背心的激愤的身影；叽里呱啦的声音；没完没了的诉求，让人烦不胜烦。

过些天，子路接到街道办事处的电话，叫公司火速派人到市信访办接人，同时，他们的书记和主任也去劝回上访的业主。公司只有子路一个人，她只好打车赶去。在路上接到建委电话，说回去吧，上访的人已经走了。子路从小车上下来坐公交车回到公司，越想越气，打电话找老板，老板不接。她打给宋蝉，说："我又不是老板，又没多给一分钱，凭什么我要担这些惊受这些怕！"对方一声不吭，子路把电话砸了。

公司唯一的男丁葛刚辞了职，只剩下半边天。

建委拿着解决小区业主上访问题的批复，来找公司，希望提出具体的解决方案。子路拿着批文给这个打电话那个打电话。结果，老板说你做了就是。子路向建委回复，说燃气公司一直都说交了钱就通气，从没说过还要消防安检手续；交了钱也不通气，还不如当初就不交。消防安检手续开发商拿不到，政府派人了解情况，一样被业主骂得狗血喷头："出了钱买地，拿不到地就应该政府裁决，法院强制执行。开发商不是赚肥了，而是在运作环节中耗瘦了，现在也成了弱势群体！政府是不是也该管管那些垄断行业，这样耍弄老百姓，是可忍孰不可忍。"

不久通气了。燃气公司说安全事故隐患存在，政府喊通就通，真出了事可别怪他们不负责任。

七

年味到处呛人，无孔不入。公司三位留守妇女轮番给宋蝉打电话，问还有没有年终奖。宋蝉回答不晓得。"你看月亮的脸，一会圆一会缺，她说她不晓得，装傻！”

三人牢骚一阵，也没办法，说声走，锁门回家。子路边走边唱童谣：“红萝卜咪咪甜，看到看到要过年，娃儿要吃肉，妈妈没得钱。”

没得钱的房地产公司还是拉下了年终大幕。最后的谢幕礼是吃年饭，地点在山上的农家乐。

老板破例携宋蝉亮相，主持人是老板的父亲，老板的哥哥则不见踪影。老板面无表情，年饭气氛很沉闷。宋蝉却不甘寂寞，悄悄告诉子路，老板原先成立的公司有三人被抓，法人和亲戚都被关起来了，说是黑社会诈骗。

子路一听，头都大了，和黑社会扯上关系，老板的日子注定不多。吃完年饭，老板把子路叫住，语气沉沉地说：“子会计，我想在市区找个地方暂住一下，你那里有没有合适的房子？”

“合适呀！立即找肯定有难度，我们那租房挺俏的。房是旧房，只是生活方便。我给你问一问。”

“嗯。好吧。蝉儿过来，你把银行卡给子会计，有多少钱？”

“大概五万多。”

“子会计，公司你就多费心了。”老板心事重重交代完，立马坐车和宋蝉走了。

老板是原公司的前任，虽然换了法人，要追究也可追溯到他任职期间。无论是否染黑，老板说清楚都很难，所以选择了逃匿。

人生险恶，老实做事，平安做人，谈何容易？子路不去猜想老板到底有多黑，只想自己怎么就那么倒霉，到公司打工，钱没挣到多少，麻烦事倒一大堆。晚上回家，强打精神唱山歌：“多谢了多谢了，多谢四方众乡亲……”

情还没抒够，女儿就打断批评说，妈妈的普通话太不标准。子路说：“老板躲出去了，你说需不需要给他送饭？”

“你送到哪儿去？”女儿问。

“就是不知道，可能他生气了。”

“你为啥惹他生气。”

“他想到咱家来躲。妈妈也不敢。他究竟犯法没有？这个问题很重要，大是大非，知不知道？”

“晓得了，妈。”

“等你长大了，买了大房子要不要妈和你一起住？”

“要。”

“你现在小，由妈妈照顾，妈妈老了谁照顾？”

“我。”女儿坚定的回答，震得子路心跳，她抱住了女儿的头。

子路讲起老板从前的故事。

老板是靠摆地摊卖塑料花起家的。子路去时公司已是金玉其外败絮其中。而老板的老乡们仍源源不断地找来，或是过路，或是找工作。老板帮他们买火车票，安排工作，还为老家修了一所希望小学。有一对老家的姐弟也来找工作，老板收他们进公司时对他们说，好好干，给哥长脸。姐姐听了不说话，弟弟却嬉皮笑脸，问脸为何物？后来弟弟假装在不明不白的情况下收了不明不白的款，放进了自己腰包，老板愤怒地赶走了他，却没能制止类似现象发生，那姐姐也收了不明不白的钱。

还有个股东，他有个小舅子，有一次用卡车拉了一车人来公司院里找老板打架，小区保安也吓得屁滚尿流。老板跟他们究竟是怎么回事，谁也说不清楚。商场就是战场，暗藏杀机，一步不慎，直取生死。

“后来呢？后来呢？”女儿兴趣盎然，想听下文。

后来那些股东一人分了一部车，还有现金和月利润几万元的项目。老板没办法，他吃了大亏，走到现在这一步。

“妈，我觉得你是一根筋！你看大姨，不好就赶紧走，一年换几个公司。”

“我不能落井下石。中国成语你学过。”

八

老板的父亲找到子路，说想请她喝茶聊一聊。子路去了，到广场露天茶座，抢先买了一杯五元的茶，热腾腾地端到桌上。坐定，笑盈盈地望着老头问：“身体近来可好？”

“嘿，今天你特别好。”老头笑嘻嘻地说。

“星期天嘛。你以为你儿的钱好挣，上班远，麻烦事又多。”子路笑眯眯地说。

“你今天真的看起来特别顺眼，子会计，我这个人从来没和哪个人约会过，除了我老婆。嗯，你这个人呀，工作挺负责任，公司的人都像你就好了，最近怎么样？”老头问正题。

“业主追得凶，要赔钱。你看怎么办哟。”子路真愁。

“本来他哥哥要全盘接收，承担一切债权债务，包括新办的厂一起转给他，只给老三 5%的股权。新厂都值三千万，还有一座矿山的开采权，我想至少给老三留 20%股权。我们家老大心太狠了，根本没把他当亲兄弟。唉，我老了，否则，老英雄露两手给他看看。”老头直截了当说核心问题，真没把子路当外人。

子路突然回想起有一次老板打电话给她说：“老大要接，那二十几套房子中你留几套不报，埋下来。”

说埋就埋？又不是苍蝇蚊子，账本一翻，小葱拌豆腐，一清二白。子路想想不对，回拨电话说：“老板，这个东西藏不住，三头对六面一查就露馅。我看算了，你哥对你好，你最困难时是你哥借钱给你，虽然是高利贷，但比外面便宜，你的做法会伤害兄弟情。”子路停下不说，看有什么反应。对方不吭声。

停了半会，那头说：“写宋蝉她妈名字的，一套可以留下吧？”

“嗯，可以，名正言顺。”

“那就照你说的办。”

此后，当哥的反悔不干。最初没说把新厂算进去，只接收房产公司的债权债务。这样推算起来，雷博到公司，帮忙是假摸底是真。办房产证的姑娘被他哄得团团转，非但没提防，反而热情有加，特别崇拜雷博那种年龄的中年男人。公司的软肋硬伤他了如指掌。时间又过去几个月，老板在一个县里投资几百万的化工厂建好，成为当地最响的名片，县长授予他为荣誉县民，促成贷款让工厂早日开工。

窥视已久的哥哥看水到渠成，甩出最后一张牌：接收——全盘一锅端。回顾援手始末，醉翁之意不在酒。如今业主告、建筑商告、政府追、高利贷要，刀刀见血，步步死路。

老板的父亲告诉子路：“老三不给厂，老大就喊还钱，老三还不出钱，说再逼我就跳楼。老大闭嘴了，怕逼出人命。但不逼不等于事情完了，还要想办法把老头编进来了不是？子会计你看能不能把账改一改，我不想管他们这些事，人老了管得了他们飞天下地吗？子会计，你说是不是这个理。”

老头语无伦次，还是把关键的话说了出来。子路蓦然想起上次他七十岁寿宴时，老头为了参加一个娱乐比赛节目，在家里练金鸡独立，把脚摔伤了，摇摇晃晃地来参加寿宴。他老伴讥笑他是脱了毛的凤凰不如鸡，瞎折腾；老头反讽老伴是胖大海过河——浮起，四体不勤，五谷不分。老两口曾经是光荣的乡村老师，一辈子相敬如宾。子路觉得老头是个非常好人，但现在他提出这样的要求，子路也感到为难。

她声音轻轻地对他说："老伯，账已经做了，翻年年报已经报了，改不了。税务把房地产盯得紧呀，会计这碗饭不好吃。"

好半天没应答。

"好好好，不说这个。"

老头甩甩头，语气明显发粗。"明年请你到老家吃杀猪饭，你来不来，还在不在公司哟？"老头望着子路。

"在不在公司你请我，我都会去。"子路笑着回答。

"你这样做我很理解，不说了不说了。"老头站起来说走了。

子路送老头上车。两人一前一后穿过广场的绿茵地走到公交车站。老头很感慨地望着天说："当年生这么多孩子干啥？修再多的房都不够住。还是你好，你打工存了不少钱吧，有没有十万？"他说。

"您开玩笑吧，老伯。"子路朗声笑起来，"哪有这样夸张，孩子读书太花费了。"

"十万够不够。"他说。

什么意思？子路没反应过来，没接他的话茬。车来了，要上车了。

他又说了一句："十万够了。"

子路看着开走的车，默想他最后一句："十万够了，十万够了"——哎呀！真是傻到底了。子路心里脆骂一声"国粹"他在暗示。给十万块呀。哎呀！

子路内心一阵狂乱，乱得昏天黑地，金蛇狂舞，眼前人影幻灯片一样闪飞，太阳隐进云层，莲花云、鱼鳞云、蘑菇云争先恐后赶往西边，就是不给太阳露脸的机会。太阳不在天上照，大地有点寒。子路想不明白突然而来的这事，用手敲敲头说：“不要发晕，清醒清醒！”一声长叹，终于从迷乱中挣扎而出。眼前依然是摩肩接踵、你来我往的陌生人。

“世上没有无缘无故的爱，也没有无缘无故的恨。”默背这两句至理名言，子路心里才踏实下来。

九

建筑工程竣工但未结算。按照施工方的说法，公司还欠两千多万工程款。因此，他们占据了最好最大的两个临街门面，堆放沙子水泥。法院冻结了未销售的住宅、商铺及车库。还有业主不停地到处告黑状、打冷枪。延期交房违约金支付近百万。消防工程款以全额支付，到结算验收时，由 200 多万变成 400 多万，不支付不签字，老板无钱支付。

主要基础设施建设无验收签字是办不了房产证的。公司全身被捆得紧紧实实，说它千疮百孔、苟延残喘、垂死挣扎，一点不夸张，与媒体盛传房地产暴利内幕相去甚远。如果，你没有足够的实力，请不要轻举妄动，没有足够的马力，无法在地产业的深潭里起跳蹦跃，伸展拳脚。时间之长、关卡之多、意外之多、税种之多、罚款之多，风险防不胜防。总之，它是一个颇具伪装辉煌的亚健康行业。辽阔苍天，星河璀璨，夜色里月光融融，疏影横斜，如许良辰美景，问君谁消受！那一排排一幢幢耸立在城郊接合部的高楼大厦，有多少称之为老板的人躲在门窗紧闭、庭院凄清、杂草丛生的空置房里偷偷哭泣，或隐身于繁华都市躲避某种突变之灾，或潜逃于债务追逼而消失。把酒问青天，谁经得起这样的折腾。

十

子路也不清闲，好消息与她无缘，麻烦事却总躲不开。

小区有人举报，消防系统管与管之间没接上头，是个摆设。更没有水，严重违反规定。检查的人来看了，开口就罚款；施工方说差钱就这样弄。业主们火了，天天来人闹，说住在火山口，提心吊胆。正巧，这天子路一人在办公室，有人打门。透过玻璃门，见是一个闹事的主，无业游民，有前科。子路躲在屋角不吱声，等他走了，收拾好包，溜出门，找到保安，说不敢出大门，保安牵着她的手从底层停车场摸黑逃出。

逃到街上，子路步伐凌乱，双眉紧蹙，一缕头发在额前飘飘荡荡，被西边的风吹得时而遮住眼帘，像一道划痕破脸而过。天边的馒头山衔着一小块月牙形的落日，殷红凝重。子路的心乱了，步伐也乱了，失去从容失去镇定。一个人的孤军奋战，她累了。她想起女儿的话甚至认为女儿是天才预言家——“妈妈是傻瓜。别的路不走，非要一条道走到黑。作茧自缚，自作自受，活该倒霉。”

业主一次次责问，大修基金为什么不存入专户。子路一次次低下惭愧的头。没法解释，没法说清楚。一句对不起，分量太轻太轻，不好意思再辩解！代公司受过，代老板谢罪，她代得很不甘心，代得火冒三丈。谁对她说对不起！

上帝呀！我也是上帝。

上帝爆发了，上帝能不震怒吗？飘雨湿屋，管道堵塞，电梯卡人，小区没有花儿开，杂草长得比树自在。小区天空乌云密布，震怒的龙卷风一会刮进物管办公室，一会吹进开发商办公室。风力所至，无不骇得瑟瑟发抖——砸烂门，砸烂玻璃，砸烂桌子，能砸烂的他们都想砸。愤怒汇集成变形的妖怪，血盆大口，狰狞恐惧，气势汹汹，涌向底层车库。警察来了，抓住举铁锤的人，要带他走。疯狂的业主从28层高处倾巢而出，堵住大门，不准带走。

警察义正词严："买了房没买车库，硬抢，就是非法侵占他人财产。聚众闹事，更属违法！"

保安大叔小鸟依人，站在警察的身边，鹦鹉学舌。劝不要砸，有理讲理，有话讲话。光天化日下沸沸扬扬，打打闹闹，有碍观瞻。政府肯定要发言，国家机器肯定要运转。

"放人，放人！都是开发商的错。好好的房子我们怎么会闹？我们不是疯子。我们的利益受到伤害，谁来保护我们？"业主叽叽喳喳吵成一片。

"苍天呀，谁来管我们？"一个业主比画着手大喊一声，很戏剧的样子，子路躲在一边，看得真切，她幸灾乐祸地想："哼，你们也有今天！"

突然，天边响起一声炸雷，闪电划过，乌云从天边悠悠地飘过来。业主守着大门不让出，警察铐着人出不了大铁门，有人看天看地看稀稀飘洒的雨滴，注意力没有那样集中，脸也不怎么威严了。眼看天色渐渐黑下来，一场大雨不可避免，几个警察叽咕几句，说："好吧，以后再这样乱来，抓走。有问题和开发商好好谈，回去吧，吃饭了，走！闹什么闹，不要命啦？"人群散开了，雨下得噼里啪啦，几个警察淋着雨跑到警车上。

一个业主举着流着鲜血的手来到办公室。流着鲜血的手就是砸办公室玻璃的手，要开发商给钱看病。几张阴沉着的脸不吭声，望着滴血的手和坏了的门和玻璃。举着的手就滴哒滴哒地把血滴在地上。子路偷偷看了一眼地上红色的血迹，转身悄悄地打电话给老板。老板说把钱借给他。

玛瑙妹就说："他们叫你来闹，你战斗负伤，叫他们给钱看病呀。"

子路也说："没人和你打，是你自己在打，我们不负责，借的钱要还。"

他姐夫在小区楼上楼下挨家挨户奔走，说他去找开发商闹是为了大家的利益，他砸玻璃是想把动静搞大，让媒体报道，让政府来管。你们就忍心不管！他流血，为大家流，为三百家房客流！你们有没有良心！董存瑞炸碉堡、黄继光堵枪眼牺牲了，成为烈士，千秋万代祭奠，子子孙孙不忘记。他受了伤，就让你们分摊一小点医疗费，就怎么啦？人怎么这样薄情呀。他姐夫嘴说干，连毛都没人出一根。

子路站在办公室修补好的玻璃门后，每天都看见裹着一只受伤手的他，耷拉着一只脑袋，在小区内无声无息地走来走去，再也没有张狂的迹象。子路碰见就问："他们出钱给你没有？"

"没有。"他瓮声回答。

"枪打出头鸟。自己知道痛了，他们把你当枪使，你傻呀！"平时子路可不敢这样说。

"姐姐，我错了。我不会找你们闹了。"

"修门的钱还是你自己出，看病的钱公司给你出。"子路心想都是公司惹的祸。

十一

子路伸手翻日历。时间太快了，到公司四年了，翻四年前的照片来看，怎么看眼神里也有姑娘神韵，腰身也还有杨柳腰的感觉，现在怎么看怎么不中看。每天子路都站在衣柜前发愣，花花绿绿的穿戴不符合现在的状况，公司一团糟，心情一团糟。怎么朴素，怎么符合破落公司的形象就怎么穿。破帽遮颜，低调办事，也是一种需要。市中心修好的大百货公司从前经营中低档妇女用品，改建后经营高档商品。子路每次路过，心里对自己说，它不属于我。仰视它的珠光宝气，繁华奢侈，心静如水。两手空空，心也空空。人生无常，世事难料。孙悟空七十二变也逃不过唐僧的紧箍咒。菩萨有难，凡人又如何。你不惹尘埃，尘埃要惹你。

一份税务自查辅导通知书送到子路面前，要她签字。

自查结果上子路非常不情愿地写下自己的名字，她打电话给老板，汇报要补缴税款情况，并把电话交到税务人员手里。

本年度的税务大检查之初，子路就告诉老板，要他接电话，工作上的事情要汇报请示。“公司不是我的，不能做主。你不接电话，只好不工作。”

老板无钱交税。员工两月个没发薪。老板要子路写缓缴申请。子路去了税务局，人家接都不接缓缴申请书，态度非常强硬地告诉子路，非常时期，没有特殊例外。

子路也冒火，说：“房管局买了拆迁安置房，人都入住一年了，该付的房款不付，公司没钱交。”子路大着胆子说了这句反驳的话，看有什么反应。对方好像软了一点，说政策是死的，子路又添一句，“困难像弹簧，你强它就弱，你弱它就强。”今天效果怎样呢。子路内心世界也投入衡量检验真理标准的深度与广度之中。人家说了声对不起，给了一瓶矿泉水，再也不理她。

老板真没钱，她真想替老板办缓交。

第二天到税务所准备把税票开了。结果一算，还有两年的罚金七八万。子路可怜巴巴大倒苦水好歹少算一年。开了票当天必须入库，这可难了，钱还没到。子路低声软气再述一遍公司现状，请求十五天后交，老板正在筹钱。人家批了。等待过程中，子路像热锅上的蚂蚁，寝食难安。她清楚地知道这笔款一旦不交，找不到老板，税务就找她。近期，房管局不停地给她打电话，追问大修基金什么时候存入专户，就因为代表公司参加了一次协调会，人家就记住了她。深夜 12 点，子路打电话问老板，打不打算交。老板说回来就是找钱的。子路信了。他不敢顶风作案。最后一天期限的上午，子路问宋蝉钱划到账了没有？宋蝉说没听说有这事。坏了，子路马上拨老板电话，那头传出“嘟嘟嘟”的忙音，再打手机，关机。她一直打一直打……

打的过程中她又接到一个电话。对方说是清算土地增值税的。

子路苦笑，干脆说自己不是公司的。对方诧异说：“打错了吗？对不起。”

关上电话。一会铃声又响了。子路打开手机大声说：“打错了。”

对方问：“你是子会计吗？”

“是。我辞职了。老板不管，与我何干。”

“你东西交出来没有？”

“没有。”

“对了，就找你。”

“对不起，找老板。”

子路关机。

子路漫无目的地在超市逛来逛去。手里捏着的手机不停地响起“只要我还有一点点时间，我一定要把你找到”的铃声。这孩子，子路心里埋怨女儿不懂妈妈的心，明明知道这段时间妈妈心里很烦躁，反而弄一个找人的铃声来烦她，好像妈妈是逃犯。像日本电影《追捕》主题曲“啦呀啦……啦呀啦……”一听这曲子，人心里就发毛，抓逃犯的。此时，她无奈作出关机决定。关上，又打开。

无处可逃的子路，刚接到工商发的短信，要到公司看现场，只好原路返回公司。她口舌发苦，眼睛干涩，焦虑失望气愤。匆匆走回公司，办公室空无一人，子路关上门。一会就听到有人敲门。“有人吗？”子路不吭声，偏过头瞅了一眼。门外站着一男一女。门响，脚步声进屋。“有人没有？”子路眼睛看着他们走到桌子跟前，并不出声。

“我们是来接房的。”来人说。

“哦，那要找他。给一个电话你们和他联系，好吗？”

子路担心是来闹事的。听说是接房，心又放下。她告诉他们，他是专职办此事，今天公干在外，什么时候回来不得而知。她说了一连串的话，想早点打发他们走，接待工商局来人。她正埋头写电话号码，又有人闯进。不抬头，声音飘进耳朵，讨债的，而且是一个苦大仇深的讨债的。

“老天！总算碰到你。我的钱我的钱。”他那幽幽冰凉的声音像从地狱传出，没有一点热乎劲。小伙子趔趄着走到桌子边，又瘦又矮，笑比哭难还看的脸，很可怜。八万块钱的货款，公司只付了两万，一拖就是几年，想死都不敢。老板要他家人偿还。

“我帮你反映，催一催。”每次子路都说同样的话把他哄走。当她抬头看见一双发绿的眼睛，盯得她毛骨悚然。唰唰唰几下，又写一个号码递给他。“打这个新的，找老板！”子路心乱如麻。

“咣当”一声，门被弹开，一阵风吹起声浪，卷到子路面前。

“我找的就是你！房子问题、安全问题、环境卫生问题、绿化问题、办证问题、赔偿问题……怎么说？”

来者不善。女人一连串问题像机关枪一样射出来，打得子路喘不过气。她内心挣扎着要摆脱这种压抑，可身边围着几堵墙。她想逃出去，无处可逃；盼望有人帮忙解围，可周遭无一人可求。子路心中的恐惧可想而知，说出的话语失去柔软，生硬不中听。那个女人更生气，逼到她的眼前扬手要打她。

“我们怎么办，房还接不接？这样多问题怎么得了！”接房的人急呀。

几个人围攻着子路像要把她吃了。子路不停地打物管电话，想叫保安过来劝阻，办公室无人接听。孤军作战，孤立无援。“轰隆”一声，内心深处坚守的那堵墙轰然倒塌。心瞬间静默，飘离尘嚣。

尘归尘，路归路。是时候了。她闭口不再言语。

突然，铃声大作。手机又响起“只要我还有一点点时间，我一定要把你找到”的歌声。子路拿起手机边说边挤出，跑到小区大门口把人接进屋。吵闹的人听说是工商局来人了，更来劲，七嘴八舌，容不得子路与工商的人说话。

来人一看眼前状况，客气地对子路说：“我们到小区看看现场。”

走到小区中央，子路指着周边的景物介绍公司情况。几位尾随而至、一直吵闹的业主跟过来，插在他们交谈的中间，不容交流。子路眼前闪晃着几张大口，唾沫飞溅。她脑海一片空白，恨不得一拳打他个七窍流血，或者扑上去咬断他的喉咙。她的脑子里满塞着血腥的搏杀……她闭上眼睛。见此情况，工商的人说："我们走了，明天你带上东西来一趟。"跳上车急驶而去，像逃离麻风寨。

他们走了，他们也走了，都走了，四周静下来。子路慢慢转过身，一眼看见保安站在不远处正朝这边看。她回到办公室收拾好自己的东西，锁上门，穿过野草摇曳的小区。四年，心掏空了。她坐上回家的公交车，正是下班时段，车上非常拥挤。汽车奔驰在沿江公路上，畅通无阻。这是一条经过彻底改造的公路，依山傍水。从前一下雨，就是滑坡、泥石流，交通阻隔，长长的车流排得有两里地长。现在，靠江边的破房烂屋一并拆除，亮出蜿蜒清澈的江水。"长江后浪推前浪，直挂云帆济沧海。"子路心里念出这两句，嘴角挂了一丝笑。江对岸的山峦如今高楼林区，夕阳将落未落，霞光万道。车厢里的人都被强烈的光线照射得眯上眼睛。子路夹在人缝间，目睹江边落日辉煌的壮丽景象，眼里盈满泪水。世间天地万物，人事轮回，只有日月永恒。

晚上，子路写下一首诗：

对不起，战友
我要撤退了
我不能再坚守
等待你归来

傍晚，倦鸟掠过硝烟弥漫的战壕
停落在枝头烧焦的鸟巢
凄惶的叫声
覆盖死寂的沙场
哦！战友
我不能再坚守
我，把我最后的低语
告诉你
哦！对不起……

关上灯，坠入沉沉的黑夜，睡了一夜前所未有的好觉。第二天早上起来，子路神清气爽，脸色宜人。她拿出手机，打开电源，有两条短信是昨晚10点多钟发来的。正准备打开看，手机铃声就响了起来。一接，是地税稽查，关机。子路待了一会，拇指按在信息一栏，正准备看，手机铃声又响起，一听，说是房管局的，问大修基金什么时候交。关机。

有一条信息是宋蝉的。她说："子路姐，你拜托的事我已办好，你的医保已转出，我的也转了。方便的话，给我介绍一个账务方面的工作。谢谢。我已离开他。蝉。"

子路拿着手机呆思着，想到西双版纳热带雨林中的寄生树，一种植物依附在另外一种植物上生长。而人不同，她可以选择离开。老板的三千宠爱换来的却是众叛亲离。子路的心里盈满很多的不忍，沉甸甸又坠上心尖。

另外一条短信是保安班长发来的，电梯故障下滑，70岁老人受伤入院。

此事非同小可，子路敞开的心房一下紧缩骤痛。"老板，天要灭你呀!”

手机铃声又响了，国税局的。关机。跟着又一个电话打进来，说是消防的，子路终于忍不住说:“我是会计找我干什么，找你爹去!”

子路挂了电话，气呼呼的。子路明白消防是在问交罚款的事。子路冷笑，正事还没搞明白呢。

又一条短信发来，是保安班长的:“子会计快来，老人脑出血突发，凌晨死亡。”

子路对着手机说:“出大事了。”

非少女的少女梦想

一

舒平迈着轻盈的脚步走到向往的家，伸手敲门。

两个女人一唱一和，想象着从摇摇欲坠的破房子过渡到天堂的情境，开怀大笑。笑着笑着不明不白的水雾模糊了对方的脸庞，彼此盯着不依不饶地问：

“变没有？”

“没变。”

“白骨精！”笑够了。她转身扭动着丰腴的身体走到壁端，从罐里捡了两包端过来。舒平撅起嘴“哼”了一声。油酥花生“嘎嘣”的香味从迎面而来的红唇喷溢出来，眼里是如炬的光。

向往拉舒平坐下，拍拍电脑桌：“看，情书。”

舒平瞟了一眼桌上的信笺，首先看到的是钢笔书写的一行中文“……我想化成一叶梦舟横渡太平洋……”

“怎么样？”向往问。

舒平轻轻一笑，不置可否。要她打开电脑，把意中人的资料翻出来看看。

邮箱里翻出五花八门的照片。“这位是美国加利福尼亚州的，从事建筑设计；这一位加拿大人，看上去很善良。”向往愉悦的声音充满了尝试新事物的快感。

舒平没看日耳曼血统遗传的脸，而是盯着她细腻的脸上，星星点点的黑斑正在深层肌肤下蓄势待发，还有她头上的白发。

“天呀！你整的是悲还是喜呀！魔女。”

“叹，都一样，烧脑子的事。”她歪过头来淡淡一笑。手上的舞蹈并没有停，眉心荡起一段波纹，键盘的滴哒声依然清脆流畅。她略停顿一会，叹气地说：“我也不是什么少女了，哪那么容易，少女的梦一直在这。”向往用手指了指心。

见舒平久久没有回应，向往歪过头淡淡一笑：“开弓没得回头箭，我现在每天的工作就是尽快把自己嫁到天堂去。不是有首歌吗？爱拼才会赢！”

“我也喜欢听，不过我要提醒你，人生苦短，拼来拼去的心拼痛了，你的日子会好？”舒平问。

向往顺着自己的思路说：“看，我变成情书高手了。谁没奋斗过，我就要赌一把，拿自己去赌！”

向往的家靠着江边，远远可见弯曲的江岸，还能听到江上轮船的汽笛声。不过，房子很窄，只有 18 平方米，原是婆子妈单位分的职工宿舍，让给小两口作了新房，一住十多年。离婚后，男的搬出去，由向往一个人居住。房子是木质结构的吊脚楼形式，沿江边修起，她家是顶层，楼道无灯。舒平每次走过楼道都有点害怕。老旧的木楼板发出瘆人的“吱吱”声，催促她急速奔走，仿佛冲过地狱奔向天堂。直到冲过整个楼道，敲开向往的房门那一瞬间，她才笑出来：“天堂到了！我的职业杀手。”

“职业杀手”是舒平赠给向往的最新雅号。向往在一家英语培训机构上课。那机构专为网上聊天写情书的需求者提供快餐英语学习，对外称英语补习班，对内还有一个名字叫鹊桥会，是专为异国之恋搭建的。收费再高，学员也趋之若鹜，好像走过鹊桥，对面就一定有挑着箩筐的“洋董永”在等着似的。

补习班安排了移动课堂，让学员到野外与辅导老师演对手戏，训练两人相见并打动对方的本领。对手戏采用全英语版，扮演“意中人”的辅导老师也年轻帅气，非常刺激又吸引人，不过这额外的课时费必须由学员出。

向往对这堂课期待已久，虽然昂贵的学费早已让她捉襟见肘，但她还是报了名。为交学费，她硬着头皮来到女儿奶奶家，向曾经的婆子妈伸手要钱。那钱本来是她开火锅店积攒的，离婚时全部交给了婆子妈。尽管如此，现在伸手，她还是感到有些理亏，不得不听婆子妈数落。

“你嫌我儿子穷才离开他，自己没工作还大手大脚。跟着换房也要用钱，搬学区房你女儿可以进好学校……”向往听得无地自容：“我还会回来的。”拿了钱匆匆离开。

家庭破裂后，向往就想出国。她想破茧成蝶，从下岗的窘迫中走出来。今天约舒平来是要告诉她，老外要来中国见面。第一次海外相亲该怎样应对，她想听听舒平的意见。她和舒平是多年的好友，又是同厂姐妹。

“自然、真诚就好。一个谎言，就要用十个谎言来掩盖。所以，你的真诚尤其重要。”舒平看着她的眼睛笑了笑。继续说：“最重要的这是一个陌生男人，远渡重洋，带着十足的优越感，寻求一个保姆似的女人，你要想好……”她说不下去了。

“文绉绉的，说话也这么难听！”向往不满地嘀咕一句。又说：“不过没关系，话丑理端，还有更难听的呢。”

“什么更难听的，说来听听。”

“我说的是我们英语老师，虽然保持一贯优雅做派，但有时也很直白。比如她说，同学们，涉外婚姻是跨越时空的两座桥，难度大。同学们就在下面悄悄抿嘴笑。”

“中国那么大就找不到你要的男人？向往？”

“没有回头路，也不想。我不想要摇摇欲坠的生活，我想活得好一点有错吗？他要来了，我想你跟我一道去接机。”

舒平明白，向往终是埋怨男人窝囊。她是厂里第一个辞职下海的，前后三次开火锅店，都失败了。离了婚，发誓要远嫁梦想中的天堂。

“天堂地狱只隔一道门，不是人人都能到。”舒平提醒她。

“不能到，还不可以想？”

舒平听向往话里有话，摇摇头说：“我没有你勇敢。”

“你那样冷冰冰的有意思吗？”向往语气嘲弄地说。

舒平看着她，并不反驳。她没有向往飞蛾扑火的勇气，下岗后到一家公司打工，同时踏进夜校补习，女儿送去全托，原本又黑又瘦，现在更像一只可怜的小猴子。

向往为见面的穿戴发愁。

丰盈的身体、饱满的胸脯，她想以七仙女轻盈的姿态上鹊桥，无疑是白日做梦。名牌服装穿不起，只有批发市场的加工货，面料粗糙，针脚线头小拇指一勾就会露馅。思前想后，她决定反其道而行，去定做了两身旗袍；抓住对方眼球，让他留下，等于抓住救命稻草。向往试穿过两套新装后，为自己的明智着实得意了一阵子。

二

阳光从长长的落地窗帘缝隙漏进来。向往在近似于昏睡的状态中苏醒，她半眯着眼睛，努力让自己清醒，回忆昨天。

她把自己的手从被窝抽出，看是不是还有一双握住她的手，没有。扭头看背后，一个庞然大物赫然如壁阻挡住她流畅的思绪，之前关于初见时的种种设想全是扯淡，她只好又把眼睛闭上。

瑞克用结结巴巴的中文反复对向往说："我见到你，第一眼，就像见到了仙女。"

宽大绵软的手一直捏住她的手，从机场到宾馆都没松开。红酒与可乐勾兑的香槟，向往一杯接一杯地灌，她要把自己弄醉。醉眼蒙眬中对方那一双温存的眼睛始终没离开过她一秒。向往惊异的目光逗留在他的面部，却不敢看他脸以下的下半身。她异常沮丧地问自己："怎么会这样？"

机场候机几个小时，早已饥肠辘辘，又饿又渴。见面的失望、心急火燎的难受，加上塑身衣勒肝勒肺的挤压，她早已头昏脑涨、气若游丝，恨不得马上倒下，与这个恼人的世界诀别。喝了太多的香槟，醉得跌跌撞撞，是瑞克扶她回的宾馆，以后的她就不知道了……

"亲爱的，你好吗？"是他，这个房间没有别人，是她从机场接回来的瑞克在用蹩脚的中文问候她。一张陌生的离她最近的脸。

向往注意到他的温存的眼光有探询的信号，努力克制生理上的反感，轻轻地笑笑，用英语说："早上好！"她眼睛瞟到沙发上凌乱的胸衣、丝袜……

向往就这样开始了与来自加拿大的瑞克的试婚。

接机她没叫舒平。此后也没有与熟悉的朋友联系，就像从地球上消失了。

向往一向张扬、闹腾。舒平一度猜想，她还在不在人世。后来接到向往的电话，才知道来的不是她最希望的美国男友，而是个加拿大人。舒平曾问过她，同时跟两个外国男友交往，以后撞车了怎么办？向往沉着地回答，谁先来，就跟谁结婚。

三

舒平没有那样勇敢，她正在努力适应新的职业生涯。舒平受聘到一个公司当了会计，一改在国企养成的大锅饭陋习，工作兢兢业业、任劳任怨，很快得到老板的认可，工资也比原单位多了不少。

拿到工资，舒平首先想到了向往，心里掂量着如何请她和她的外籍男友吃顿饭。正要拨打，自己的手机却先响了，是向往的。到底是知心姐妹，情同手足，即便久不往来，也会相互牵挂。

向往叫舒平到她家里去，她已住进一个高档小区，很近，不用转车就能到。

一条市区连接近郊的国宾大道，两旁树木葱茏，花团点缀，落叶尽去，好一个干干净净清清爽爽。小区内有鱼池假山、断桥的缩影、廊桥的蜿蜒，尽显尊贵清雅。

踏出电梯的一刹那，舒平有些恍然，想象不出向往是如何度过这一个月的。她的手停在 2302 号，想叩门，又放下。她担心见到外国人，自己一句英语也不会说。

正在迟疑，门开了，是向往。不是往日标致的脸，有点浮肿，未施脂粉。肥大的睡袍罩在肥嘟嘟的身体上，就像发酵的面团罩了一层白布。

“玩消失呀？电话也没一个！那个他呢？你过得好吗？”舒平责备地一口气说了一串，一边把刚买的鲜花递给向往。

这是两室一厅半新的房屋，朱红家具泛着微光，椭圆桌炫耀着过气的时髦，桌上堆满买回的杯盏碗筷，一副重拾人间烟火的样子。

“还好。”向往理了一下额前的头发，坐到舒平的身边，神情疲倦地说：“这房是租的。在酒店住烦了，想有一个家。我那个老屋你知道，不适合接待外人。他在厨房弄饭，听说你要来做客，他非常高兴。”说完站起来朝厨房叫：“瑞克，平——来——了。”后三个字拖着长音，更像是绵软的吐气。

“他知道你，我经常对他谈起你。”

“谈我？”

“有什么好谈的？”舒平想，“人都没见，瞎聊，他们的生活就那么乏味？也许吧，我是她唯一的朋友，唯一的。”她这样想。

向往的手摆弄着花朵叶片：“你带来的鲜花，他肯定高兴。”她拉着舒平的手捏了一下，“我最喜欢你，善解人意，想你都快想疯了。”

“有时间想我？”舒平眼睛盯着厨房门。

出来了。看到他的那一瞬，舒平惊呆了，脑子一片空白。一个庞然大物向你走来，什么感觉？我的妈呀，什么世道！舒平在心里叫了一声，眼睛不敢看他脖子以下部位。他穿着白色的圆领衫，托着托盘，上面三只杯子，朝她们走过来。

“哈喽!”他温和地朝舒平微笑，把手托的物件整齐地摆放在餐桌上。

舒平急忙起身，拿起茶几上的鲜花送到他面前，说了一句双语混合的英语“毫度由度!”

他张开双臂要拥抱，舒平不知所措，愣住了。

向往在旁边连说：“抱，抱，他们的礼节。”

瑞克嘴里不停地咕噜，拥抱了舒平。

“他在说什么？”她扭头问向往。

“他说你很漂亮。”

“你懂他的话？”

“一半看表情，一半看肢体，能懂个大概。”

“你还真行。你们怎么过的？”

舒平一问这话题，向往就只答，他很温柔、很文明，早上醒来说早上好，晚上睡觉要说晚安，动不动就拥抱，叫亲爱的，就像我们叫你一样的称呼，没有什么特别的。不像我们叫一个亲爱的，总有些私情暧昧的嫌疑。

听她这样说，舒平心里特烦，“一座大山，怎么温柔？”她没敢说出这伤人的话，只在心里说。难怪当初没叫我接机，后又消失。

餐桌上，瑞克没用西餐餐具，用筷子夹土豆丝，夹掉了送进嘴里没剩几根。舒平看了，对向往说：“他是铁了心来中国，娶鸡随鸡。”

向往“嘿嘿”笑两声，不知是真笑还是假笑。叉了一块比萨送进嘴里，嚼得有滋有味，专心致志。

这不是向往的派头，以前哪怕她正狂吃眼睛也是滴溜溜转，不会像现在一副傻样。东西方文化把人都碰傻了，奶油蒙了心。

看，她又挑一块面包送进嘴里大嚼起来。那边，瑞克再次用筷子夹起一根土豆丝，往嘴里送。舒平见了，低头骂一声自己："切，跑来看别人吃饭，无聊！"

因为无法有更多交流，饭后瑞克进了他的房间玩电脑去了。他肥实的背影，一瘸一拐的样子像一头老憨老憨的大黑熊，摇头摆尾地消失在门洞里。舒平待不下去了，她体会不了"天堂"里那种无拘无束、大声说笑的自由和快意恩仇的痛快，憋死人。

"我走了，明天还要上班呢。"

"就住这里，有空房间。"向往满脸的恳求："我都快憋死啦，没人同我说话。"

舒平执意要离开，她走到里间向瑞克道别。向往送她到楼下花园，拉着她的手久久不松开，她有太多的话要跟舒平讲。与月朗星稀、花木宜人的美景极不相称的，是向往对她讲的事。

吃不惯中餐的瑞克，每隔两三天要去吃一次西餐或肯德基。有一天，她实在想去看看女儿，在他吃肯德基的时候，就找了一个理由走了。一个小时后回来，看见瑞克坐在肯德基大门口的地上，一把鼻涕一把泪，向往赶紧把他拉起来，问他发生了什么。他说，她把他甩了，不要他了，她是他的唯一，除了她，他什么也没有。好多人围观看西洋镜，简直成了广场新闻，再晚去 5 分钟，围观者就打 110 了。当时的情景让向往进退不得，恨不得有条地缝钻进去。从那以后他更是寸步不离。

"你说气不气人！我走到哪，他跟到哪，在我的国家我还没有自由。"向往激动涨红的脸在灯光下变成了猪肝色。

"嘿！一点不把自己当外人。"舒平的惊讶在月光下向往看不见。

"他听不懂，我也无法用英语表达。我们不是一直在探讨中西方文化的碰撞吗？这就是实实在在的碰撞。”

“与同学交流一下生活心得？”舒平急切地问。

“谁说这些糗事，福没享成倒贴一巴掌。”

“咨询下老师也行啊。”

“深度教学的费用又不一样喽。”向往停顿一会，又说，“老师有没有实践经验我也不知道。”

“那怎么办？”

“还能怎么办！”

沉寂了两分钟，谁也没出声。过了一会，向往语气平静些了，自我安慰地说：“我看他是真心的，想找一个家，还说要孝敬我的父母，抚养我的孩子。”

“哦，好哇。你难受了就给我打电话说说话，我要先走了。”

向往伫立在灯光下自言自语：“旁人帮不上忙，只有慢慢磨，冷暖自知。”

四

告别向往，舒平急忙回家想洗个澡早点睡觉，这段时间太累了。打开房门听见有声音，灯也亮着，走进客厅，他正看电视，见她进来就说：“回来啦。”

“你成稀客了。”

她没有兴趣说话，生活中他已经不存在，既然不存在，平常心对平常人。她进卧室放下东西就去洗澡。哗哗的水声淹没了她的思维，她想把自己沉没下去。向往的事搅得她心绪很乱，没错，人往高处走。向往要自己想要的生活，结果上苍给她开了个玩笑，送了个300斤重的大礼。向往又说这不是她要的生活，不是她要的人。可人家千里迢迢来了，你不拒绝，故意上错花轿嫁错郎；你说你等不起，你不是少女了。无声的交流，肢体语言也可以完成部分，碰撞是最真实的交流，你才知道生命有多实在。这世上就没有最辉煌和最龌龊的事，只有最该做的事。

人生有什么意思？草木一生的繁，草木一生的残。闭着眼胡思乱想任水流哗哗地冲，冲去心中郁闷。猛一睁眼看见玻璃上贴着一张眼鼻缭乱的脸，在浴室弥漫的热气中瞬间清晰又蒸发。那双熟悉的眼睛有时像贼。什么时候两人如路人？没日没夜地加班，加班加到了钓鱼池，加到了麻将桌，加到无边无际信马由缰。渐渐地她习惯了一个人向前看向前走，不徘徊，就像现在她在浴室里穿戴完整走出，旁若无人，一边擦着头发一边走向卧室。

他坐在沙发上说："明天把女儿接回来吧，后天我要走了。"

舒平倒在床上很快进入梦乡。同样的梦境又来了——无边的荒原，灰尘飞扬，要么没有人烟，要么进出的都是茅草屋。朦胧中感觉有人站在床前，她想睁开眼，太累了，"叽咕叽咕"磨两声牙又熟睡过去。清晨一下就惊醒，今天不能耽搁，老板叫她与副经理一起到代销店查账，虽然是星期天。她在他的门口站了一会，把被角捡起来盖在脚上，想了想写了一张条子压在桌子上，走了。

舒平带了些东西去托儿所看看孩子。阿姨正在给女儿穿戴，女儿看见她，就要跟她回家，不停地说这说那，非常高兴，又唱歌又跳舞。舒平把水果、奶粉、牛肉干拿出来，对女儿说："妈妈上班，隔两天再来接你回家，乖。"女儿不依不饶地哭起来。舒平对阿姨说："他爸爸可能要来。"就躲开走了，走了很远还隐隐听见女儿的哭声。

周日，车道显得特别宽阔、通畅，加之女儿长得健康、乖巧，舒平心情也好起来，神清气爽地下了车，顺手买了张报纸。低头看报，“咚”，与人撞个满怀。

“你!”那人扬起头剜了她一眼。

此人满面络腮胡子，一副暮气潦倒、苦大仇深的样子，她认出他是向往的前夫。离了婚就过成这样，值不值？向往的前夫也认出她来，眼睛抓住她不放，连环炮般的责问令她猝不及防。

“向往跟你怎么玩的？玩得我家都破了，还去找老外。你知道我女儿现在成什么样了？”燃烧的眼神看得舒平心发怵。日夜的孤单，黑暗里焚烧自己，折磨自己的灵魂。

舒平突然心生同情，慌忙解释说：“你不要乱扣帽子，自己的老婆是什么性格，你还不清楚吗？”她极力辩解又想赶快逃离。他挡在前面，她往左他往左，她往右他往右，嘴里喋喋不休。舒平想：“这人完了，疯了。”

“我上班都忙不赢，还有心掺和你的家事。”边说边逃也似地离开，顺溜的心情消失殆尽。

当初，向往问舒平婚姻幸福的指数是多少？她回答不上。

向往又问，为何自欺欺人，一棵树上吊死？

舒平只好说，中国男人都这个样，外国男人也好不到哪去，都是黄泥巴捏的。那时她就有预感，向往的男人可能会怪她。

五

对于向往来说，租来的二居室无论如何也非常重要，她要在这里扮演贤妻良母的角色，她要留下他成为她后半生的依靠。然而现实却让她心冷。

向往买了一块精品三线肉回来，要玩一把私厨绝活，烧碗油亮喷香、肥而不腻的红烧肉，请他品尝正宗川菜的美味。瑞克对向往热衷吃“动物的尸体”惊讶万分，他用拇指和无名指尖尖地抓起那块三线肉，举到向往眼前晃一晃，满脸嫌恶地丢进了垃圾桶。他从小到大就没吃过家里做的肉食，只吃父母买回来的熟食。

蠢猪，狗坐篼篼不识抬举！你凭什么？向往怒火万丈。来吧！开战！向往摔门而出，一会儿回来，手里又捧着一袋食材。

青椒炒牛肉丝、宫爆肉丁、蒜泥白肉、泡椒鱼头、小炒肉、麻辣螃蟹，向往每天变着花样做美食自己吃，香味辣味满屋跑。瑞克看得直流口水。他顿顿煎蛋、吐司面包，终于忍受不住麻辣鲜香的诱惑，把竹筷伸进了红浪翻滚的火锅，拈起一块肉片放进嘴里，立即“哇哇哇”地叫着跑进洗手间。出来时仍满脸痛苦，不断用手扯自己的舌头。

向往装没看见，心想要让他知道这是我的家我的国，我说了算，不行你就走人。她觉得自己很解气，很有中国范。

她越来越受不了瑞克那胖身体在眼前晃动，越来越受不了他的拥抱。他每天无休止地重复说的“对不起，亲爱的”“你是我的仙女”，越来越让她听着难受。这不是我想要的家！她想要逃离这腻味的亲近，逃离这封闭的二人世界。她独自回到那摇摇欲坠的老屋呆坐了半日，没有新鲜面包，没有奶油，只有行色匆匆的路人、公交车上疲惫沉默的乘客和整日里为了油盐柴米吵架的邻人。老天！这也不是我想要的生活呀！

她哭了。生活给她开了一个天大的玩笑。

她蜷缩在散发霉味的地板上，霉味诱发出她对昔日自由自在的怀念。她遗憾花了很贵的钱定做的漂亮衣服竟被闲置，没有时间来穿。她想不明白，自己像是做了一件很丢人的事，不敢见人，好像中国男人都死绝了，非要去选择一个另类。隐居在出租房里，更像是做一场地下交易，虽然没有明文规定不许可，但却遭到了约定俗成的鄙视。这是向往在租房时特意选择远离熟人区域时的理由。在决定走涉外婚姻这条路时，她已被无形的压力剥夺了与人分享喜怒哀乐的权利，只能忍耐。

只有一个人可以倾诉，那就是舒平。可是她也活得不轻松。

瑞克也不轻松。

他在美国的妹夫嘲笑他冒险玩“飘”的。妹妹惊诧哥哥的离经叛道、老不正经、不可思议。在韩国读书的儿子骂他异想天开，找死。

瑞克却把亲人的担忧当成限制他自由的一包毒药，在向往面前比画着“刷刷”撕碎的决心。他做这个动作时姿态有点夸张，波浪起伏，拖泥带水，正符合一个胖子的风格，还有一种孩子般的天真。向往看着，不觉对自己的行为多了些反思。

冒险是人类的天性。瑞克远渡重洋来到异国他乡，举目无亲还要勉强适应毫不熟悉的生活，何尝不是在冒险？自己很痛苦，瑞克不是更苦不堪言吗？走到一起的选择是两人的共同决定，就这么抛弃瑞克有多么可耻。即便是离开，也要光明正大地离开，现在总得面对自己选择的生活。

当她再次踏进小区两居室，瑞克像老鹰抓小鸡一样扑过来。

“亲爱的，我想你！不要离开……”他涕泪满面，泣不成声。“往，我改，吃中国饭……”

向往像小鸡被保护在瑞克的翅膀下，吃香的喝辣的，任由自由膨胀的身躯向奶油和比萨靠拢。没过多久，向往也开始习惯吃外国饭了。天！

接下来的日子，向往看舒平仍旧过着人不人鬼不鬼的日子，有点居高临下地担忧她了。

六

“不是两三岁小孩，有什么值得担心。”舒平在电话里匆匆地说，“我要挂了，我忙。”

“忙，穷忙。”对着电话向往意犹未尽：“喂，我还有话，你就挂了，瑞克要走了。”她提高嗓门，转念又马上后悔，她该不会误解瑞克要甩我？

晚上七点多钟，舒平来电话告急，“我楼下失火，怎么办？”

“快逃，打 110！”

“我是三楼，女儿在家，我跑了！东西怎么办？”

“笨！命重要还是东西重要？”向往在电话那头说得咬牙切齿。

“呃，楼下救火车来了，我看看。”她真跑到阳台上，电话线拽得老长，又跑回来接着说：“浓烟滚滚，远水救不了近火，但我还是想给你说一说，怎么办？”

“离婚！”向往斩钉截铁地吼起来。

站在身边干着急的瑞克听到了：“失火与离婚有什么关系？叫平带女儿到我们家来。”

“去去去，没功夫给你解释。”要命的时候来钻字眼，让不让人活？又扭过头对电话大吼：“快逃！”

瑞克继续在她耳朵边唠叨：“私人问题不要干预。”

这边，舒平六神无主，无从下手，每一样东西都舍不得，这是她的家呀！

假若大火无情蔓上三楼，浓烟滚滚，燎原烈焰，像电影里那样拼死逃生，是不是太晚了？

她蹲下身问女儿:“怕不怕？”

“不怕。”

“为什么？”

“有妈妈在。”女儿扬起头，望着她，拉着她的衣服。

舒平泪水夺眶而出，悲从中来。她顿时醒悟，不能做无谓的牺牲，此时不逃，更待何时！

她拉着女儿，背着两大包仓促收拾的衣物，紧随楼上楼下邻居，拥挤着跑出巷子。等歇息在大马路上时，她张大嘴巴喘着粗气，庆幸自己死里逃生。

转眼却不见了女儿！避灾逃跑的居民，紧张工作的消防员，围观火灾的路人，乱哄哄一片。环顾四周，两堆包袱仍在原地，哪里有女儿的踪影！她大声嘶喊。周围的人只说是见女孩在哭，后来就没注意到她。

她疯一样边喊边跑，从火灾现场到大街小巷，逢人便问，见一个梳娃娃头的女孩没有？

没有！没有！没有！

夜色沉重，愁云惨雾，包裹起她越发疯癫的意识。

跑着跑着，心中没有了悲凄反而涌起癫狂的惊喜；黑夜如炬的火焰，照彻房檐屋角；一层层绵软密实的黑雾，飘过一幢幢华房楼宇；天光照彻，檐前廊下的花草树木，纤脉毕现；盏盏街灯如虹划过，有如仙女指路感应天机，楼梯的拐角处一个蜷缩的黑影。舒平停止了奔跑，屏住呼吸，放慢脚步，边走边叫："妹妹，妹妹，妈妈来了……"

她太专注太紧张了，"扑通"一声，脚下踩空，身子一歪，从楼梯上滚下去。她没有发出恐惧的尖叫，滚得很安静很彻底，没有一点惧怕。躺在冰凉的地上，浑身的疼也不是疼，是终于可以停靠下来，远离惊涛骇浪的安稳。她没有悲戚的时间或杂念，反而生出战士般的神圣使命感，要奋斗就有牺牲，跌倒再爬起来。战士太累了，闭上眼睛很快做起梦来。

冰凉的地上托起一个热闹的乡村集市。

她站在泥尘轻漫的集市上张望，满眼的箩筐、背篼，两担汪着水珠的青菜。赶集的人铺满了半边马路。一辆牛拉车穿街缓行，木质箱体里露出胭脂红的小脸蛋，鼻子上沾着鼻涕的印痕。跑来窜去的打闹顽童，惹得挑担的人不住地说："嘿，个小孩！"行至街的左侧，拐进一丈余，有个方形木牌坊，门前散着几个玩石弹子的小泥猴。

舒平迈过门坎往里走，里面安静清朗，视野开阔，与集市判若两个世界。坡度平缓的田畴井然有序，一条田间小路中间划开，蜿蜒伸展。荷锄而立的农人，三三两两交谈，面容恬静。舒平自言自语："我到了陶公的桃花源；土地平旷，屋舍俨然，有良田、美池、桑竹之属，黄发垂髫，怡然自乐……"她心旷神怡，急步前行，迎面走来一高一矮两个男子，边走边把她向外驱赶，赶出门外，刚一转身他们就不见了。她发蒙了，连连说："吔，吔，撞鬼了！"

舒平从梦呓般的"吔"声中苏醒，从地上爬起，心急火燎地走到派出所报警。走进警室，一眼就看见女儿坐在椅子上吃饼干，眼睛哭得有些红肿。她大叫一声："妹妹，你在这里呀！"冲过去，抱着女儿就哭起来。民警告诉她是一位女同志送来的。

天黑了，她见一个女孩孤零零地在马路边边走边哭，就带到派出所来。“算你运气好，若遇到坏人，哭也没用！你们家长是怎么当的，一点安全意识都没有！”舒平听罢，千恩万谢领着女儿走了。

七

向往听说后，在电话里狠狠地骂了舒平。

向往说：“我满城找我的新嫁房，但我脑子里想的都是你。叫你像我一样，阳关道摆面前你不走，非要走独木桥。叫你孩子归他，你偏要。只有你这样的死脑筋去独享高贵的折磨。谁欣赏你！你不会又做梦吧，八年不够，十年过了，你还剩多少日子可以折腾！现在是做人生的减法。我吃比萨和奶油面包，你粗茶淡饭，改革几十年，你呀你一点都不变！”

舒平捂着耳朵听完这番高论，她有些惊诧，是异国文明的枕风熏染了她，还是写情书开阔了视野？

她们再见面时，是坐在城中高档的旋转餐厅，喝着质地细腻的青花瓷杯中的咖啡，白瓷调羹在杯中缓缓搅动，糖块融化的过程也是酝酿开场白的过程。舒平历经生死磨难有一种抽空的狼狈，脸如白纸一样素净。向往一如既往地肥腴，脸上多了红润和慵懒的神情，显然是顺风顺水，否则她不会说，你来吧，我们喝咖啡。彼此都在打量，一步之遥，心还有这样近吗？

“他回国了？你俩谈掰了？”舒平满面狐疑。

“他要娶我，回国办手续去了。”她几乎一字一句盯着她说。

“你……300斤……”舒平咽回后面的话。

“别管我，说你呢，你和孩子以后怎么打算？”向往提高嗓音，一下掐断她的话。

“相依为命，不可能分开。”舒平丝毫不退让，语气坚决。

“没别的意思！我是说你好了，女儿就好，孩子有时挺捣蛋的。”向往的声音有些含糊。

“不对。”舒平轻声对着她说：“她要上学，还要上大学，多读书才有前途，自食其力。我的梦残了，她的梦该是圆的，对吧？”她眼望前方，清澈如水。

“你真傻！你……”向往边说边摇头。

舒平垂头默默喝着苦咖啡，不为所动。

向往跟她说心里话，当初离婚也不是真想离，是被前夫的懦弱气疯了。要房没房，要钱没钱，叫他辞职两口子一起打拼，他总是瞻前顾后。后来还跟另一个女人同进同出，气得向往七窍生烟。瑞克回国是要卖掉加拿大的房子，来中国和向往一起生活。而今，退路没有，要想不跟瑞克结婚还真不行。

向往的马蹄停不下，顾不了欣赏路边的风景。她要策马扬鞭，以后就会安稳地在洋房阳台的吊椅上，悠荡着看日出日落了。那是旧房子无法比的。十八米的旧屋也能看到落日，是在厨房窗口踮起脚尖看太阳落到什么位置，男人该回家吃饭了，中间隔着浸满油污的灶台。好多次她都想逃离，却总是难下决心。回家看女儿，女儿不理睬她，学习成绩极速下滑，少言寡语，成天闷在网络上。向往心焦又心痛，但没有办法。一想着女儿的事，脸上满是焦虑。回看舒平，把脸凑过跟她说：“亲爱的，有件事只有你能帮我。”焦虑的眼神把舒平吓了一大跳。

“怎么啦，能帮你什么？难道瑞克是……”舒平心脏“砰砰”乱跳，担心向往是遇到跨国人贩子。

“我女儿，我女儿完了！”向往抓住舒平的手，连跺几下脚，

“她不上学，得了自闭症。她老汉找野女人去了，也不管她。”

“啊！找心理医生看看呀！”

“她要愿意去就好了。你能说，你去劝劝她，好不好？”向往几近哭腔，眉头拧成一把锁，拉着舒平的手使劲甩。舒平从未见她这样狼狈。

“她反感我……早知如此，何必当初。”向往痛彻心扉地忏悔，让舒平全身一阵阵发麻，怎么会这样？

八

离开向往，舒平心情澎湃难抑，她一遍遍地在心里书写给那孩子的话：

……聪明的你，千不该万不该，你也不该用自虐来惩罚自己。你没有改变父母的权利，但有认知的权利。你只有坚定勇敢地存在着，才能让他们重新认识你的重要性，回到你的身边。孩子，这不是梦，他们是你的父母，不要失望，你身体里流淌着他们的血，血浓于水。你的作为，他们会感知到的。勇敢起来，孩子！面对现实，不放弃努力，不放弃你的呼唤。我读过你的网络写作，你妈妈多么骄傲地拿给我看，我被你年少的优秀深深打动。阿姨也喜欢写作，多年追求，都没有一篇真正的小说问世。汗颜呀！你是一个天才，说不定你就是下一个横空出世的郭敬明。

来吧！孩子，走出狭小天地，到阳光里绽放你生命的美丽。生命属于大自然，哪怕你只是一株草，也要活出自己的姿态。来！孩子，牵着阿姨的手，到校园去锤炼强健的体魄，完善你的心智，健全你的人格，那是你该去的地方。

……

舒平在心里一遍又一遍地说着自己感动自己的话，兴冲冲地抱着鲜花和巧克力，找到了向往女儿奶奶的家。

打开门，老人家有些吃惊。舒平说明来历，老人家就抹起眼泪来。

“嗯，在屋里。”她努一下嘴，“中午饭还没出来吃呢。”

房里陈设简单，没有一丝生气，漆面斑驳的红木桌上搁着一碗皱皮的鸡蛋面。孙女就是他们的命，现在孙女出事，爷爷奶奶的天也塌了。爷爷很早出去晚上才回，顺便买第二天的菜。他怕见那个紧闭的门，一看见就发疯似地骂儿子，骂那个离了婚的女人。奶奶怕他再烦了孙女，就打发他出去走，哪怕像鬼魂一样到处游荡。

“我要守着她，她还小，不能这样。我上辈子造了什么孽哟!”奶奶哭出声来。

“奶奶不哭，我来劝她。”

舒平雄赳赳地跑来劝说孩子，不料吃了闭门羹，说了两大筐好话门都不开。她只好把腹稿实录在一张纸上，让奶奶转给孩子。

舒平灰溜溜地打道回府，在电话里跟向往出主意：找记者来采访，写个新闻，“抗议母亲外嫁，少女罢课拒食”，说不定可以上头条。那边听了，也不多说，发出一声苦笑。

很快，舒平也没精力再管这件事了。单位老总与舒平进行了一次重要谈话，公司招待所拆除，改建商住楼，决定让她当甲方代表。

舒平摇身一变，代表公司与一家外资企业商议联建事宜。从招待所废墟上临时搭建工棚开始，她是第一个入职的本地员工。之后是杀鸡祭奠开工仪式，目睹高楼万丈平地起。她还惊奇地发现建筑工地上工人的鞋竟可以摆放得如此整齐，尽管沾满了泥浆。工地上也没有乱哄哄的喧嚣嘈杂，只有牛气冲天的机器声向着云天释放它的自豪。

这是一家货真价实的好企业，为它工作，舒平感觉真好！在工地上，舒平负责按施工进度结算工程材料款和工人工资，付这样那样的费。虽然辛苦，工作时间也比过去长，但心里踏实。时间一晃而过，女儿的小脸渐渐变成了小姑娘的脸，夜里还能听见女儿骨骼生长的“叭叭”声，犹如老农在风中听见谷穗拔节的声响。平淡的日子如此甜蜜令人沉醉，忘却诸多磕磕绊绊。

一次会议，让她的好心情土崩瓦解。

老总在会议上讲了些奇怪的话，舒平怎么听怎么像与她有关。老总在会上严肃警告泄露公司信息的员工。她越想越坐立不安，感觉全公司人的眼光都在逮她，如芒在背，恨不得一条地缝钻下去。她努力回忆有什么出轨的言行无意之间伤害了公司，让老总大冒其火。

突然，她想起有一天，招待所经理叫她去一趟。茶楼雅间里有经理、副经理，加上舒平共三人。经理直奔主题。

“小舒，他们资金使用好像有问题，你核实下。”

舒平心里一咯噔，略犹豫片刻：“经理，钱经我手划出，每笔都属正当支出。”

“怎么差几十万。”经理又说：“主要担心后续资金不足变成烂尾楼，市里给我的任务完不成。”

舒平默默把各项支出算了一遍，还是说："没错。经理，我报给你听。"当她念到广告费这一栏，经理一下打断她的话："哦，就是广告费，我漏算了。"

又转向副经理："我说把我们的人派去是有用的。"

一束阴郁的目光，薄如蝉翼的刀片，迅速扫她一下。就这一下，舒平陷入了四面楚歌。

从那之后，办公室的工作会议只有乙方会计参加，绝不叫她。偶尔与同事随意交谈，若涉及一点点公司话题，对方必定敏感，戛然中止，好尴尬。这陡然生变的状况，让毫无心理准备的舒平惶惶不可终日。

问题出在哪里？

去问谁，从何问起？

商海八卦，她两眼一抹黑。

经理再次召唤，她无奈地说："开会他们都不通知我参加，还能知道什么。"

经理惊诧万分："怎么回事？"

舒平心中有一个模糊的怀疑对象，她努力在记忆中搜索蛛丝马迹。朦胧的传闻中，公司两个最好的商铺卖给谁谁谁？大家都在猜测，但没被证实。如果真是他，不仅背后捅了舒平一刀，也伤害了经理的利益伙伴，一个阵营的同僚玩谍战，彼此的诚信被撬动，最终还是利益这个杠杆，他得到了最好的商铺。

在不信任的环境中工作如在沙漠中跋涉，没有水和绿叶的滋润，心会焦渴而亡。在亡而未亡的无奈与焦灼中，她无法逃遁到是非之外，唯一能做的就是忍耐。

九

非常之时，非常之友来访。

见鬼。这个时候谁会来？

舒平开门一看，是向往，满面汗津津地提着大包小包。舒平有些吃惊，探身朝后瞄了瞄，确定没人，她退回来把门关上。待坐定，向往神情不太自然，眼睛总是躲避与她对视。

舒平忍不住笑了：“像个逃婚的小媳妇，小日子过得好吗？”

“来看看你，不行吗？”她看了舒平一眼：“你怎么样？”

她的眼神并未停留在舒平的脸上，而是一滑而过的茫然，叹了一口气：“烦了，想出去走走。”

“烦那！不自由毋宁死。”向往突然神情庄重地大声说出，继而又低声对舒平说：“姐姐，我现在终于明白‘生命诚可贵，爱情价更高，若为自由故，两者皆可抛’这首诗的意义了。”

“耶！耶！今天境界高，起什么幺蛾子，旅游？瑞克呢？”

“不要提他，我烦。我是他的囚犯吗，走到哪他跟到哪，一天到晚烦死了烦死了。早知这样，我宁愿穷死当乞丐也不当饱死鬼。”她神情激动不管不顾地发泄一通。

“你说你要干什么？逃婚？不会吧。你不是喜欢他的文明，喜欢他的温柔体贴吗？”舒平尖着嗓音学她说话，又正色道：“饱汉不知饿汉饥。咦，你是不是有外遇？”

“哪有哇，就是同学会……同学约起去旅游。”向往说着站起来：“哎！手脚都僵硬了。”说完伸了一个懒腰：“我打个电话。”

打给瑞克的，说的是英语，舒平只听懂了自己的名字。她全明白了，向往是借此告诉瑞克她在舒平这里叫他放心。她的电话瑞克记在纸上贴在冰箱上的。

这家伙欲盖弥彰，她的心情有些不爽。事关隐私，舒平不会主动打探。

一连几天，单位上忙开促销会，舒平上厕所都是一路小跑，到家又是一阵冲锋陷阵锅碗瓢盆，停下来已是深夜。

一天晚上接到一个电话，是瑞克的声音。她不敢吱声。对方用生硬的中文说：“向往，回家。”舒平吓得大气都不敢出，轻轻放下电话，怒火中烧，这家伙没回家！瑞克现在找她要人。打向往的电话始终无人接听，气得舒平无名火直冒又无处可发。她终于想到把电话打给向往的女儿，女儿的电话她总要接吧。接通了她女儿的电话，告诉她瑞克在找她妈的事。打完电话她才如释重负，长叹一声，能做的她都做了。

十

舒平把向往的事暂时放下，她自己的世界已经乱成了一锅粥。

公司楼盘开盘后，经理找她去谈过一次话。内容是主体工程封顶后，回单位参加筹建酒店的工作，财务主管、大堂经理两个位置任选，考虑后给答复。主体工程接近封顶，楼盘销售得风生水起，去留得有决定。舒平想留在物业公司，可以更好照顾孩子，工作不那么紧张。老总来开会，她对老总提出这个申请，如若不能，大楼封顶她就离开公司回到经理那边去工作。她估计人家不会挽留一个有内奸嫌疑的人，只是抱着试一试的想法，结果老总极为赞同她留在物业。

他相信她。

成百上千万的钱从手里流过，她都没动过心。人需要忠诚的人彼此取暖，尽管温度的层次不一样，但总是能量的聚集和储备，不知道有谁才会拒绝。

答复经理的时间她失约了，同时失去一条可供选择的路，她走上一条独木桥。独木桥说断就断，她摔倒在阴沟里。

阴谋的发现者偏偏是她，那个包藏着祸心的人偏偏是她的顶头上司。她偏偏做了忍不住要做的事，管不了自己的嘴巴。后来她无数次地想把嘴巴缝起来，做一个沉默的人，像厌倦了被爱的安娜·卡列尼娜，无处可诉的痛楚使她紧闭双唇，最后撞死在火车下。世界上没有后悔药，她自以为做了该干的事。

周日，她都要准备好一周的荤菜，分成小包放进冰箱。站在农贸市场排队打芝麻糊时，旁边两位妇女的谈话引起她的注意。谈的是她工作的楼盘，价格很低，不是公司销售的价位。隐约忆起剩下的异型房销售价格都比她们说的高。高的价格为什么不卖？要低卖？

销售经理是老总特地从深圳调来的，实际上已接手公司的全盘工作并筹备后期的物业管理。周一上班她查了电话记录，有关咨询价格的报价都比这个数高。此种现象不是近期之事，有意损害公司利益而不顾，什么目的呢？

另一事也甚为蹊跷，一笔转款20万，划进公司新开的账户，一段时间后就没有了，总公司会计说早划走了，划给谁？什么时候？不知道。舒平偷偷到银行去查，看是不是付与工程相关的款，银行要看单位公章，她无功而返。

这两件非正常经济流向是总公司下属的两个单位，与她没多大关系，属于他们内部问题。但这种欺瞒行为毕竟违背公司利益，经过再三思量，她拨通了老总的电话。

这个电话捅了天，好比老虎屁股摸不得，她偏摸了。她心里没底，坐在办公室，耳朵却注意外面任何一丝细微的动静，她听见楼道里传来开门的声音。

公司秘书过来对她说："销售经理找你。"

像一条离开水的鱼丢在菜墩上，手是冰凉的。她心里纠结一个问题，揭发者与被揭发者面对面，谁死得更难看？如何开场，谁说第一句话？她都没想好。踏进门，销售经理正在玩手机，隔一会儿，他把手机翻过面对着她说："你听。"手机里传出声音："这件事你自己处理好啊！"舒平一惊，是老总的声音。

"哼哼，又回到我这儿来了。"销售经理脸转向她，还做了一个鬼脸，一阵冷笑。

看他阴沉的脸，她血涌头顶，手脚更是冰凉，有些发抖。"怎么会是这样！会是这样！"她心里反复地问，又反复地否定。接下来会发生什么不得而知。想得到支持得到保护完全是妄想，她彻底失去支撑的力量，孤立无援，心底翻涌起无可名状的慌乱，像通常做的梦境，在沙漠里独自跋涉，没有朋友没有水也没有绿叶，绝望孤独无助，唯独没有泪流满脸。

这一天如蹲牢狱般度过。

第二天看到的奇怪现象反而让她镇静下来。

她到银行去办事，在休息厅等候时无意间看见老总与销售经理正在窗口办事。销售经理取了款塞进老总的皮包，两人有说有笑肩并肩走出了银行。

老总不找员工了解情况，也不召集双方解释误会，却有如此亲密的动作，只有一个解释：他们是一路货色。

认清形势太晚，自己就是一条落水狗，挣扎的余地都没有。舒平没有退路。

整整六年，生个孩子都可以打酱油了。从挖地基的第一铲泥开始，她就在这里，公司是她的第二个家，加班不计所得，她爱它，愿意为它付出。

这一天终于来了，通知她交接手里的工作。舒平沉默地整理好东西，打开保险柜拿出印章放进包里，锁好抽屉，走出大楼。夜幕降临，今夜有雨，天宇沉沉，无星无月。

舒平再次失业了，她的世界沉寂了。她没去质问老总当初的许诺，她也不能束手待毙，她拿走了公司的印章，然后关机。

漫无目的地飘浮在人群中，她不知道该怎么办。突然，她眼睛一亮，拿出了手机，接通电话后心里一阵惊喜。

“喂，你还在呀！”

“什么意思，想我消失呀？”

“不是不是，我担心你变电话，试一试。”

那是她一个在检察院工作的同学。同学什么都可以讲，没有不好意思的。听完她的叙述，对方叫起来：“你狗胆儿不小！”停顿一会，他又问：“你打算怎么办？”

“没想好。”她只想抓到一根救命稻草。

隔一会他说：“你可以叫他们弥补你的经济损失。”

“我工作六年，医保、养老保险都没买，就是揭发了他，就这样对我。”她像受了欺负的小女生嘤嘤哭出声。

“给老总发信息，提出你的诉求，然后，关，机。”同学胸有成竹，一字一顿。“先关一天一夜再说。”

“我担心他们到家里来找我。”

舒平的担心不是没有道理的，对方是一个利益链而她是孤军奋战，他们随时可以去派出所报案，如此复杂的场面打死她都不敢想。甚至拿了印章她都后悔后怕，想送回去。事情如果逆转不按她的思路来，闹大了，怎么办？

“想得太多了，除非他们不怕丢丑，不怕狗咬狗。老同学放一百二十个心，学会保护自己。”

舒平吞下一颗定心丸，就给老总发信息：“我是舒平，为了公司利益得罪了销售经理，他要赶我走，我不服。他报复我，是违背劳动法的，好比下雪天赶我去讨饭，我要维权。请给我一个答复。”

舒平站在街边，凄惶地流着眼泪。人来人往的闹市区，谁也没功夫留意到一个绝望得想去自杀的女人。写下这几句话，她心虚极了，无论如何她不愿站在公司对立面。公司接纳过她，吃水不忘挖井人，如今是被逼上梁山。

灰暗的心情不想面对家人，胡乱地绾了头发，扎起衬衫，蛤蟆镜遮了半张脸，故意雄赳赳地走起路来。到超市买菜，一掏包，惊讶地发现背包上划了一条大口子，小偷趁她悲伤时偷了钱包，倒霉透了。

她不想回家，穿行在横拆竖拆、楼房越建越高的街上，心情像喜鹊衔泥筑巢，颤悠悠地一点点荡漾开来。江岸的霓虹灯若银河璀璨，夺人心魄，楼宇争先恐后地行着注目礼，亮相伟岸的身段，好美！舒平微微一笑，放松自己，世界如此恢宏美丽，人总要不停奋斗，寻找新的出路。

她闭门不出，躲在家里不停地看手机，公司打来的电话，她不接，电话打爆了。又过了一天，舒平还是不理。

再过一天，老总从前的会计从外地打来电话，说工作的事回去商量。舒平说不想回去了，外面的世界很精彩。对方又说，何必嘛，工作六年了总有点感情。舒平哈哈大笑放下电话，她的心脏在颤抖。

她发了一条短信，要求补发这几年的社保和医保。

第四天，公司通知她去办理交接手续，同时领取离职费，还有社保金和医保金。

舒平用手摸摸包里的胜利成果，心里并无喜悦，突然双泪长流，她很想伏在爱人的肩膀倾诉内心的挣扎和难受是怎样一点点被吞噬掉女人的温柔。然而街上所有的人都脚步匆匆，谁会停下来，关注一个不相干的女人的哭泣。

她想起了向往。她们一起告别老旧的厂房，走向外面寻找立锥之地，试图改变命运。向往把宝押在一个外国男人身上，而舒平选择凭一门手艺立足。这次工作变故让她心灰意冷，也不知道向往过得怎么样。

她还没来得及打电话，那边的电话就来了。

十一

接通电话，传来向往带着哭腔的声音。“舒平，我的好日子到头了。”

“开国际玩笑，你……”舒平想，好日子过腻了，打趣来了。

自从那次她玩失踪后回家，瑞克这位来自西方的绅士，像在东方的土地上活明白了。东方女性特有的娇媚、任性、泼辣彻底征服了他，他只能乖乖缴械投降，心悦诚服地献上银行卡。向往乐得屁颠屁颠，她不完全是为钱，她要的是完成的征服。用她的话说，瑞克倒插门进中国家庭，到了女方家得客随主便。瑞克每天坐在电视机前看中国新闻、国际新闻。中国的人气在国际上蒸蒸日上，折射回家庭，向往开心死了，这点瑞克不得不承认。

向往一高兴就给瑞克讲董永和七仙女的传说，对着瑞克唱

《天仙配》原词："娘子，你挑水来我浇园……"

瑞克学叫一声："娘子！来，一起学英语。"

一语激活了向往的灵感。"娘子英语班"在小区诞生了，还颇有卖相。他俩一高一矮，都很丰满，笑起来像弥勒佛，小孩看着有亲和力。送孩子学英语的家长络绎不绝。他们实行滚动教学，孩子什么时候来学都可以。一时间，两人忙得不亦乐乎。他们采取二人式教学，瑞克教英语，孩子们听不懂，向往就用汉语做辅导。

向往先说："小朋友，现在我们开始说香蕉，大家把香蕉拿起来。"瑞克接着用英语说："伯那那，伯那那！"

从未想过可以为人师表的向往，有生以来居然破天荒地被人尊为老师。小区里散步的母女，小孩看见她就叫："老师，向老师好！"甩开妈妈的手跑过来拉着她的手一阵摇，扬起可爱的小脸蛋望着她，很亲近的样子。

向往受宠若惊，语无伦次："好好好，小朋友好乖！"伸手摸摸小姑娘的发辫，自己的胖脸却胀得像块红布，鼻尖渗出毛毛汗。这种感觉连她自己都说不清楚，如初恋般的心脏怦怦跳个不停。

教学上路了，两个人的生活却乱了套，几个月下来，都搞得精疲力竭。买菜没时间，天天吃蛋炒饭，吃得向往想吐。向往不干了，说："董永，你不挑水了，我也不浇园了。太累了，我要休息。"

瑞克一头雾水："董永挑董永的水，我教我的英语，有什么关系？"

"关系大着了。"向往指着他说："你好比是董永，我好比是七仙女，中国汉语中的比喻，打个比方，懂吗？"

瑞克吃惊地望着女人："哇！我变成董永，你变成七仙女，一句话的功夫，中国汉语好神奇！"他连连甩头，伸开双手耸肩膀，一副无可奈何的样子。

"打住打住，不要惊叹，你跑来中国干吗？"

"找七仙女。"

瑞克的眼睛笑成一条线，他为自己机智的回答非常满意。因为，女人不反驳，柔情似水地望着他，大狗熊一步一步走过去压倒他的女人。

现在，向往在电话里说，瑞克生病住院了。

舒平马上要去看。又一个电话打来，更凶险的消息从向往带哭腔的鼻音传来："瑞克要死了！"

舒平打车直奔医院。推开病房门，一排女性朋友站在瑞克的床前。这是享受过瑞克优质服务的专宠麻友。每次她们来玩都是坐在事先准备好的麻将桌上享受他洗净的水果、冲好的咖啡，甜蜜地挤眉弄眼。入乡随俗，瑞克很得人缘。

"大狗熊"身上插着管子，脸色苍白，入院一周，病情不见好转，向往说他快死了，也不全是夸张，一盆盆的便血还在往厕所倒。舒平急忙上前，帮着清洗便盆。向往对舒平说："瑞克拉着我的手说，救我，我要回国！再止不住血只有送他回加拿大。"看着舒平疑问的眼神，向往又解释："我怎么不想他好，就是吃了一顿火锅。"

"吃火锅出的事？那很简单啊，把胃出血止住就是。"

"在瑞克身上就变得复杂了，西方人肚子比东方人的大，长柄的镊子医院都找遍了，硬是没有，奇了怪了。"

"你是说镊子的柄短了够不着地方？"舒平幻想的画面是，桌上那盘四锦小炒搁置中央，香气弥漫，人矮筷子短够不着，心里猫抓样难受。

“他腹部脂肪壁太厚。”向往说的是医学专业术语。

舒平想忍住笑又没忍住，伸手把嘴捂住：“活人还遭尿憋死，去借呀！”

“好像医院还没你聪明，腹腔已经打开了，怎么借！人都愁死啦，你还幸灾乐祸！”向往说：“他走了，我怎么办，好日子刚开始，倒了全世界的大霉哟。”

“医者仁心，相信医生。”

舒平想安慰两句，口又对不上心。本来就灰暗的心情不能再灰暗了，看向往目前的状态，舒平没告诉她自己又找工作的事。出头的蛾子两天。

十二

离开医院，舒平心情更加灰暗，没时间去伤感，找米下锅才是当务之急。她掏出手机给从前的经理打电话，在电话“呜呜”响起的那一刻她又挂了，不好意思开口。她打另外一个朋友的电话，朋友叫她过两天去面试。

一幢摩天大楼位于市中心的繁华地段，电梯上到25楼，楼道里的房间都开着门，进进出出的人显得人气很旺。舒平踏进招聘办公室，递上证书简历。

黑色宽大的老板桌后，一个眼泡肿得像金鱼眼的干瘦男人说：“公司只招业务员，种树的。国家政策退耕还林，要种大量的树，你交钱，有人替你种，不辛苦。十年你就可以卖成材大树，多值钱呀。”边说边睃了一眼看她的反应。

舒平好生奇怪：“我是来应聘财务的。”

老总接着说："轻松简单，挣钱就这样简单。我们只招业务员。"他的笑像沙漠上枯萎的干草，舒平想，他一定渴得要死。

她退出门，挨个去看其他房间里的人在干什么。用三层板隔成小间，每间容纳十几人，独凳摆成一排排，像独自思过的忏悔者，双手前倾直垂。有的一堆堆地围起听一个人讲，她感觉不像公司的做派，究竟哪不对劲，也说不上来。果不其然，没隔两月，央视播了此公司是传销组织，有公务员、教师、明星也被裹挟进去，舒平庆幸自己警惕性高。

正当舒平焦头烂额找工作时，学校老师电话通知开家长会。

舒平走进教室落座，就听老师语重心长地说："艺术是灵魂工程师的手艺，社会发展的需求是复合型人才。孩子不懂家长懂，要多预备一条路给孩子。学校的美术、舞蹈课开班了，有需求的可以报名。"老师的眼睛挨个地问，舒平不敢接她的眼神，心虚地垂下头。抵不过老师的威严，有家长举手报了名。未达预期的指标，老师的眼光又在教室里反复逡巡。舒平熬不过了，举手投降。

"老师，回去商量，明天报名好吗？对不起！"

她像犯错误一样没跟上老师的节拍，心里愧疚得慌。从教室出来长吁一口气，不学是不行了。老师的执着天地可鉴，她们也不容易。舒平同情老师的焦虑，她不怪她。何况再苦也不能苦了孩子，这个广告词早已烙在舒平心上。她算了一个账，选一门艺术课又要花几万。唉！摇摇头，心里说不想了，赶快找工作。

十三

这段时间劳神费心地找工作，舒平抽不出时间去医院看瑞克和向往，只不时打个电话问问情况。向往告诉她瑞克的病情更重了，伤口化脓，住进了重症监护室。本地的国际友人同盟会多次派人与医院交涉，她每天隔着玻璃窗看瑞克，他眼巴巴地望着窗外，那样子实在可怜。病情没转好，瑞克要求回国。“你知道我不喜欢加拿大，五里地都看不见一个人。我愁哇！你呢，你过得好吗？”

听向往问到了自己，舒平对着电话“嗯嗯”两声，说过两天来看他们。放下电话，眼泪夺眶而出。

那一刻她对向往怀着愧疚之心，没能经常来医院陪伴忍受煎熬的向往。为了女儿的成长，她要工作，要挣钱。她马不停蹄地奔跑在这座城市，丈量城市的容量究竟有没有人的心胸大。

空中悠悠飘来一张纸，刚巧在她眼前缓缓滑过，她不由自主地伸出沾满泪痕的手接住。定睛一看，是一张招聘广告。

一则特别的广告语引起她的好奇：非少女的少女梦想。仔细浏览，原来是一个房地产开发公司的销售广告。开发商把房子比喻成青春活泼的美少女，拟用生命力强大的诱惑招揽客户。谁会拒接尝试挽留青春呢？她叹服策划者的超前意识，把浩浩荡荡的女同胞队伍哄去看青春不老房。

她决定去应聘。

轻轨驶向新的开发区，所经地带属城乡接合部，东一丛西一片的败草残树留守在昨日的回忆中。下了车很远就看见楼层上的广告招牌上，一位抹着红唇的少女凝视着众人，醒目的红字写着“非少女的少女梦想楼盘”。

舒平沿着假山小溪来到招聘办公室，递上简历接受询问。最后得到一句话：回家等通知。她站起身来打算离开，推门进来一人，她抬头一看，正是从前公司的销售经理，不免心头一颤，冤家路窄。她脑海浮现出那次对峙现场的情景，以及连日来流离失所般的求职经历，她把腰包从左手换到右手，极力压抑着内心的激愤，与他擦身而过。

来人却快步走向桌子拿起简历，低头跟桌后的人耳语几句，便转身对舒平喊道："等等。"

她停下脚步，转过头。

"明天你可以来上班，现在就通知你。"语气中的期待很明显，目光也少了阴郁之气。

舒平说出的话连自己都吃惊："我考虑一下，谢谢！"说完一转身，挺胸收腹，大踏步走出去。出了门，脚步却乱了，软了。她骂自己是个混蛋自私鬼、只考虑面子问题，明明想来却偏说不。外资企业待遇明显好过本地企业谁都知道，而且管理规范。他在电话里说企业永远需要可靠的人，要舒平去管钱。她婉言谢绝，说路太远，孩子需要照顾。他又说公司有交通车，舒平再次表示谢谢并拒绝。

她内心恢复了久违的平静。她需要工作，更需要尊严。这条路没了，还有别的路，世界大得很，人生就是做梦寻梦的过程。从天而降的一张纸，就能飘来一份工作，广阔的市场还怕容不下一只饭碗？有一点他说对了，她是企业需要的人，她倍感欣慰，她终于得到认可，这是她内心获得平静的真正原因。

天地间好像骤然平复，一切杂音杂色悄然退隐，夜空下只有她一人独语："告诉我，欢乐是什么颜色？像白鸽的羽翅？燕子的红嘴？欢乐是什么声音？像一声芦笛？是不是可握住的，如温情的手？可看见的，如亮着的爱怜的眼光……”

十四

向往的欢乐，在舒平背诵欢乐是什么颜色时彻底失去。

瑞克的病情像鬼附了身，怎么都治不好。联谊会的人来交涉几次均无果。不是医生不想他好，他就是好不了。重症监护室玻璃门，向往和瑞克一个在外一个在内，隔窗相望，犹如生死离别。

舒平到医院时，向往正坐在走廊椅子上低头瞌睡，披一件老旧毛衣，脸上全无昔日神采。见到舒平，向往有气无力说：“你坐，我想睡觉，太累了。”三个多月照顾病人的日子，向往一辈子都没做过这样多的事。眯一会眼，她又抬头对舒平说：“你享受了多少就得付出多少，上帝是公平的。瑞克对我太好了，我必须回报。”

舒平看着向往，眼泪涌上了眼眶，又用手理了理她垂在脸上的乱发。

向往眨了眨漂亮的眼睛望着她，似有万语千言，却一任泪水奔流：“他后天回国。”

瑞克远在美国的妹妹为他联系好了加拿大的医院。他的妹夫旅游到此作短暂停留，再转机陪瑞克一道回去。他家人没让向往一道跟去，医院派一名护士专程护送。为什么不让她去，原因不明。向往说，本来也没有这愿望，只是担心。

“我也去送送他。”舒平探询地说。

“不用。你上不了救护车，只有我一人能上车到机场。”

一阵沉默，两人无语。浓烈的药味弥漫在走廊和楼梯间。

舒平一直在克制着，没有表现出不适，直到实在没什么话了，才站起身告辞。

“那我走了。”

“天冷了哦。”向往在背后叮嘱一句。

“我知道。”舒平回头说。

在机场的候机室见到瑞克的妹夫，向往总觉得似曾相识。那妹夫也频频凝神注视她，还试探着走上前来，说：“你是向，中国的向？”

“迈柯？你是迈柯！”向往惊喜地叫出来，手指着他。迈柯伸开双手把她拥进怀里，嘴里说：“你真漂亮！世界太小，远在大洋彼岸都能相逢，不是天意是什么？”

迈柯就是向往在涉外婚介网站上认识的那个美国男友，是她最中意的建筑设计师，她心心念念的原本就是他，而他迟迟不来中国，瑞克却来了。原来他是有家室的，在网上谈婚外恋。不管真的假的，向往还是喜欢他。意外相逢，向往喜极而泣。昨日恋人也好，今日爱人也好，都将离去，只留下孤孤单单的她。

他怎么可以抽身就走，留下我独自悲伤彷徨。

跑道上的飞机腾空而跃，划出一条银色的弧线久久不散，犹如牛郎织女相隔的那条银河。